中国传媒大学教材建设中心2021年本科教材建设专项经费资助

影视传媒类专业“十四五”规划教材

21世纪广播电视专业实用教材

解说词写作教程

李智 ◎ 主编

中国传媒大学出版社
·北 京·

目　录

第一章

解说词概述

第一节　语言的特性 >>>

一、语言和文字

语言是人类实现信息沟通和情感传递的最基本方式。语言学家埃弗里特认为,语言起源于符号发展。语言的出现改变了人们的生活,人们在语言的使用中构筑了社会意义。人类使用语言的本质在于用一些固定的表达带动联想,以此来描述当下对话中人们可感知的事物,并唤起人们关于某种观念的共享意义。从某种意义上来说,语言的诞生可以看作是为人类的互动交流服务的,语言可以用来扩大人类信息的传播范围,展现人类的情感,表达人们内心对现实世界最直白的感受和对未来社会最宏大的展望。

文字被视作一种改变了的语言形式,最早的文字起源于古代祭祀、记事的需求。考古学家研究发现,文字最初是作为祭祀中用于沟通自然的符号而存在的,通过不断的演变,文字才具有了记录和沟通的属性。在漫长的历史长河中，文字跨越了千年，也连通了大地。从横向维度来看，文字是一个记号：文字见证了一个人的存在和消亡、一个国家的繁荣和落寞、一个民族的诞生和繁衍。

被誉为“当代文化研究之父”的英国社会学教授斯图尔特·霍尔指出，在语言中，我们使用各种记号与符号（不论它们是声音、书写文字、电子技术生产的音符、形象，还是各种物品）来代表或向别人阐释我们的概念、观念和感情。因此，从纵向维度来看，文字就变成了一种传承：文字具有很强的历史性，它能够记录每一个时代的独特文化，成为后人了解历史传统文化的主要手段，也成为人类文明融合以及世界智力发展的重要推动器。

二、东西方语境中，“语言”的不同表达

东方语境中，虽然学者对“语言”的定义不尽相同，但对语言形成了约定俗成的认知，中国古代的哲学家也对语言的定义进行了深刻的探讨。荀子在《正名》中提到，一件实物的名称并不是凭空出现的，而是古人相约以某一特指来命名这一实物，经由社会承认并广泛传播后，这一命名便被固定下来，成为实物的名称。

西方语言学家索绪尔在《普通语言学教程》中也对语言本身展开了具体的论述。索绪尔认为，语言符号与非语言符号有着本质的区别，语言符号是独立于非语言符号而存在的，二者之间有着千丝万缕的联系，也有着互相转换的可能性。人们的思想和观念可以通过语言符号表达，也可以通过非语言符号来展现。语言不仅是因人们使用而产生的一个结果，也是一个影响人类行为的前提。也就是说，人类在使用语言进行沟通交流的同时，语言也在控制人类。语言被视作一种社会现象，作为言语活动中的社会部分，语言本身不受个人的行为意志支配，是社会成员共有的社会心理现象。

虽然是索绪尔将语言作为一门科学进行了研究，但自西晋起，中国的典

籍著述便开始对诗学和美学进行深刻的讨论。西晋文学家陆机在《文赋》中从不同方面论证了语言学中言、辞的运用及其重要作用,并深入探寻了古代文学创作中的内部规律和文艺现象中的美学思想;南朝文学理论家刘勰在《文心雕龙》中总结了前人的美学成果,对语言鉴赏的美学规律做了系统性的论述,探索了语言中的审美本质。这些著作对于后世了解语言的使用规则和美学心理等,同样具有重要的历史意义和现实价值。

三、语言在电视传播中的独特魅力

(一)语言的特点

首先,语言具有拓展人类思维的能力。语言中的类概念可以用来表达一些人类感官难以感知的事物,并从中概括、推导出一些抽象的符号。中国古代哲学史上有一个著名的辩题——“白马非马”论。中国古代名家代表人物公孙龙与人辩论,称白马不是马。从语言逻辑上来看,白马当然是马,马是一种统称,是一种实物的集合,黄马、黑马、白马都是马。但从语言表现的概念来看,“白马非马”也能成立,白马和马都是由实物抽象出来的符号,属于语言中的类概念,马指的是不同品种、颜色各异的马,而白马指的是其中的一种具体品种,白马并不等同于马。

《公孙龙子·白马论》选段

曰:“白马非马,可乎?”

曰:“可。”

曰:“何哉?”

曰:“马者,所以命形也。白者,所以命色也。命色者,非命形也,故曰‘白马非马’。”

曰:“有白马,不可谓无马也。不可谓无马者,非马也?有白马为有马,白之非马,何也?”

曰:“求马,黄、黑马皆可致。求白马,黄、黑马不可致。使白马乃马也,是所求一也,所求一者,白者不异马也。所求不异,如黄、黑马有可有不可,何也? 可与不可其相非明。故黄、黑马一也,而可以应有马,而不可以应有白马,是白马之非马审矣。”

曰:“以马之有色为非马,天下非有无色之马也。天下无马,可乎?”

曰:“马固有色,故有白马。使马无色,有马如已耳,安取白马? 故白者非马也。白马者,马与白也;马与白马也,故曰‘白马非马’也。”

曰:“马未与白为马,白未与马为白。合马与白,复名白马,是相与以不相与为名,未可。故曰‘白马非马’,未可。”

曰:“以‘有白马为有马’,谓有白马为有黄马,可乎?”

曰:“未可。”

曰:“以‘有马为异有黄马’,是异黄马与马也;异黄马与马,是以黄为非马。以黄马为非马,而以白马为有马,此飞者入池而棺椁异处,此天下之悖言辞也。以‘有白马不可谓无马’者,离白之谓也;不离者有白马不可谓有马也。故所以为有马者,独以马为有马耳,非以白马为有马耳。故其为有马也,不可以谓‘白马’也。以‘白者不定所白’,忘之而可也。白马者,言白定所白也,定所白者非白也。马者,无去取于色,故黄、黑皆所以应;白马者,有去取于色,黄、黑马皆所以色去,故唯白马独可以应耳。无去者非有去也,故曰‘白马非马’。”

语言的使用从实物中总结出各种类概念,我们可以通过类概念去描述一些在当前社会环境和科技水平下无法感知的实物,人类对实物的理解也不再局限于当下对世界的认知范畴。在语言的使用中,类概念可以根据人们表达的需求自由组合。在语言抽象符号的传播和帮助下,人类探索真理和科学的空间也在拓宽,通过符号来传播科学、人文知识,人类的思维深度能够得到提高,抽象思维也能够得到拓展。

其次,语言具有调动人们再造想象的能力。文学家南怀瑾在《禅海蠡测》中写了一则盲人问色的佛教故事。盲人问什么是“白色”,答曰:白色像白雪一样白,白雪像白马一样白,白马则像白鹅一样白,最后盲人误将白色看作“颈细而长,有两翼,其鸣呷呷”者。虽然盲人最终的理解与“白色”的含义南辕北辙,但在语言的作用下,盲人在脑海中想象出了白雪、白马、白鹅等多种与白色有关的物象;也正是在语言的作用下,盲人才会对白色产生一系列的联想和错误理解。

《禅海蠡测》选段

有一盲人,问人曰:“白色者何状?”

答曰:“如白雪之白。”

盲人又曰:“白雪又是何状?”

曰:“如白马之白。”

盲人复曰:“白马何状?”

曰:“如白鹅之白。”

盲人再曰:“白鹅何状?”

答者无奈,取盲人之手比画之曰:“白鹅者,其头颈细长而能伸曲,有两翼,其鸣也呷呷然。”

盲人乃曰:“汝何不早说?如此,我已知乎所谓白者,颈细而长,有两翼,其鸣呷呷。”

生动而丰富的语言表达可以唤起人们广泛的联想和想象,将语言描绘的具体形象呈现在人们的脑海中,这被称作语言的启示性。同样,电视解说词也可以通过语言把观众的想象和感受结合起来,把画面内和画面外展现的信息结合起来,把画面中直接表达和想要间接表达的内容结合起来,给观众提供更大的想象空间和理解层级,扩展画面的外延和内涵。

最后,语言符号能指与所指的可分离性。索绪尔在语言学研究中提出了几组重要概念:语言和言语、能指与所指、共时与历时、句段关系与联想关系等。其中,“能指”与“所指”的关系至关重要。索绪尔认为,语言符号的“能指”和“所指”是人为创造的。“所指”对应着多个“能指”,“能指”也可以有多个“所指”。符号的物质形态与其所指的意义之间是可以分离的,这种分离影响着解说词写作中词语的选择。按照语言学家或者哲学家的观点,用以表示抽象概念的语言符号称为能指,而把语言符号表示的具体事物称为所指。德国哲学家黑格尔说过:“你能吃樱桃和李子,可是不能吃水果。”其中就反映了语言的“所指”和“能指”之间的关系,也就是实物的概念和存在之间的关系。

(二)语言的使用环境

首先,语言使用的社会文化环境:在不同的社会文化背景之下,人们对语言符号有着不同的文化解读,在不同历史阶段使用的语言会存在表意上的不同。以“三军”一词为例,自有记载以来,各个历史时期“三军”一词的含义均有不同之处。春秋时期,三军指诸侯国设立的上军、中军、下军,《周礼·夏官司马》中记载:“凡制军,万有二千五百人为军。王六军,大国三军,次国二军,小国一军。”秦朝《商君书·兵守》中记载:“壮男为一军,壮女为一军,男女之老弱者为一军,此之谓三军也。”《论语·子罕》中记载:“三军可夺帅也,匹夫不可夺志也。”将三军作为军事力量的统称。汉朝时期,三军专指马、步、水三军,或步、车、骑三军,主要以兵种来划分。到了近现代,三军代表不同的作战维度,特指陆、海、空三军。由此可见,由于文化背景以及历史环境的不同,人们对语言符号的表意也存在着不同的理解。

其次,语言使用的外部环境——立体交叉式影响。由于字和词本身的多义性以及字词的内涵具有丰富的外延性,文字需要放在一定的语境中,才能准确表达其意义。语言符号的使用并不是孤立的,而是与周围的其他符号相互影响而产生的,语言符号的准确意义表达需要特定的外部环境,语言符号和其他要素之间也会互相影响。我们可以通过古诗词中词语选用的前后语境来理解其中的关系。

天仙子·水调数声持酒听

〔宋〕张先

水调数声持酒听，午醉醒来愁未醒。送春春去几时回？临晚镜，伤流景，往事后期空记省。

沙上并禽池上瞑，云破月来花弄影。重重帘幕密遮灯，风不定，人初静，明日落红应满径。

宋代词人张先在《天仙子》中留下了千古传诵的佳句“云破月来花弄影”，其中“弄”字的选用就颇有门道。王国维在《人间词话》中评价其“着一‘弄’字而境界全出矣”。从词性看，“弄”字带有拟人的特点，形象而又生动。从它使用的外部环境来看，“破”“来”“弄”三个字构成了一个连贯动作，富有动势，不仅字句精巧工整，而且合理地营造出整体意境。

早梅

〔唐〕齐己

万木冻欲折，孤根暖独回。
前村深雪里，昨夜一枝开。
风递幽香出，禽窥素艳来。
明年如应律，先发望春台。

齐己的名作《早梅》中“前村深雪里，昨夜一枝开”以平淡的语言描绘出野外白雪皑皑、孤梅独放的场景，其中“一”字堪称妙用。《唐才子传》中记载，齐己曾以这首诗求教于郑谷，诗的第二联原为“前村深雪里，昨夜数枝开”。郑谷读后说：“‘数枝’非‘早’也，未若‘一枝’佳。”齐己便将“数枝”改为“一枝”，从而更为切合诗题《早梅》中的“早”字。

最后，语言使用的内部环境——库存选择关系。库存，指语言运用中可以出现但暂时没有出现的相关符号。一个语言符号的选用，不是单纯由它本身的符号意义所决定的,而是在比较其背后大量库存符号的基础上做出的选择。可供选择的库存越多,表达的准确性就越高。

后蜀何光远在《鉴诫录·贾忤旨》中写了一则小故事:一日,唐朝诗人贾岛骑着跛驴去拜访朋友李凝,路上作诗一首,名为《题李凝幽居》。诗中有一句原本写作“鸟宿池中树,僧推月下门”。贾岛反复吟诵几遍后,又想将“推”改为“敲”,他犹豫不决,于是在驴背上做推敲的姿势。贾岛想得入神时,毛驴不小心冲撞了京城吏部长官韩愈的车马队伍,韩愈得知贾岛正斟酌“推”“敲”二字,思虑良久后,建议贾岛选用“敲”字。一个“敲”字,既烘托了诗中夜深人静、万物寂寥的场景,又给平静的夜晚增添了一些声响,“推”字则无此意境。这个典故就是语言库存选择的例子。北宋王安石在《泊船瓜洲》一诗中留下的千古名句“春风又绿江南岸”中的诗眼“绿”字,也是在综合考虑了语言的内部环境后得到的最优解。诗人最初用的是“到”,再改为“过”,后改为“入”,又改为“满”,反复多次,最终才定稿为“绿”字。“绿”字不仅描写了江南初春的景象,而且暗含了诗人的政治抱负。此间深意,不管是后人所说的“吻”字,还是“艳”字,以至于诗人考虑过的“到”“过”“入”“满”等字,都不能表达出来。

第二节　解说词分类 >>>

解说词由于划分标准不同,可以分为不同类型。按电视节目类型划分,解说词可分为纪录片类、政论片类、专题片类、新闻类、文艺类、体育类、历史文献类、自然科学类、人文地理类;根据描述特点划分,解说词可以分为写实类和写意类两种类别。

在不同类型的电视片中,解说词有不同的特性,创作者需要有针对性地设计解说词。电视片的社会需求各不相同,想要表现的内容也千差万别。

创作者需要根据电视片的不同社会需求和关注内容来创作解说词。电视片在构成形态上各有差异，在表现手法、艺术手法等方面也有不同之处，但并没有绝对的界限。学界对电视片有着不同的划分方式，对解说词的类别也未有明确的区分，现仅对以下几种类型的电视解说词进行分析。

一、按电视节目类型分类

（一）微观纪录片解说词

相对于宏大叙事而言，注重个案记录的纪实片被称为微观纪录片。微观纪录片的内容往往聚焦于一个明确的聚落、一个微小的实体单位、一个具体的社会事件等。微观纪录片拍摄过程追求"纯粹"的真实记录，创作者不对拍摄对象进行干涉，少有主观介入，讲究一种客观呈现，因而其解说词具有"主观凸显、客观描述"的特点。在微观纪录片解说词写作中，创作者常常选择整体画面中的某些细节来刻画，进行"选择性描述"。解说词虽然在客观地描述画面内容，但观众的注意力依然是由创作者来引导的。

例：

《瓜熟蒂落》解说词选段

【同期声】梁学军：这都快8点了。

亚萍：我不想看病，这段时间忙得很。

梁学军：肯定要看病，还能不看病？

【解说词】清明时节雨纷纷，关中大地的雨，一下就是三四天。一大早，瓜农梁学军就摊上了两件烦心事：一是老婆发烧了，二是老房子漏雨了。这两件事，都不能等。因为手头不宽裕，老房子翻修的事情都计划了好几年也没能兑现。儿子谈了几年的女朋友想回家看看，学军硬是不敢答应。看来啊，今年修房子的事，是不能再拖下去了。

【同期声】梁学军：农民就是这样，不管弄啥都离不开苦。

【同期声】梁学军:我种了三十多年西瓜了,我一直梦想着女儿考上大学以后,不管有多困难,我都要把老房子拆了另盖,也算了却我多年的心愿。

【同期声】亚萍:我的想法是今年一旦卖上钱了,就赶紧把房子一收拾,再不要在瓜地里一个劲儿地住。屋里成天漏雨,只住到地里,屋里还没收拾。娃现在年龄大了,像娃这年龄,今年把屋里一收拾了,明年必须撵(赶在)年底给娃把婚结了。我的想法是这(样)。

【解说词】学军从二十多岁开始种西瓜,年前,连借带贷地凑了十三万元本钱,承包了这三十亩地种西瓜。一家五口人的希望,全在这片瓜地里。在他看来,等到瓜熟蒂落时,一切都会好起来的。

华山脚下、渭河边上,学军所在的重泉村,从秦始皇开始就在这里设立了中国第一个县——重泉县,也就是今天的陕西省蒲城县。蒲城两样东西最出名,一个是北京时间授时中心,另一个就是重泉西瓜。日出而作,日落而息,全村四百多户人祖祖辈辈在这片三千六百多亩黄土地上耕作、收获、盖房子、娶媳妇、生娃娃,周而复始。

和学军同村的强强,也在为娃买房的事着急。眼看自家的西瓜就要熟了,三十多亩地、两万多个瓜,一向为人低调的强强,也按捺不住心里的躁动。这些日子,只要得空,他就会拉着媳妇和女儿进城,想要给儿子在蒲城县城买套婚房。

纪录片《瓜熟蒂落》将镜头对准了几位性格各不相同、生活故事也各异的瓜农。正如导演所说,本片“记录了北方农村一帮种瓜人的家长里短”,聚焦于乡村振兴题材下的几个小人物。在一段“陕西味”极强的解说中,导演将主人公们的故事娓娓道来。

本片开篇就将梁学军摊上的烦心事细致地呈现在观众眼前,“一是老婆发烧了,二是老房子漏雨了”。浅显易懂、平实直白的解说词配合画面淅淅沥沥的雨声,将观众带入了瓜农的日常生活中。“儿子谈了几年的女朋友想回家看看,学军硬是不敢答应。”这样口语化的叙述方式最大限度地贴近拍摄对象的生活，为解说词增添了一些温度。一个段落叙述结束后，解说词“和学军同村的强强，也在为娃买房的事着急”，既对前文做了简短总结，又迅速将观众拉入下一个场景之中，牢牢抓住了观众的注意力。

（二）专题片解说词

专题片有别于政论片和微观纪录片，不做完全个案化的细节叙事，也不做鸿篇大论，而是将同一领域内的社会现象选择性地组合起来归类叙述，或是对某一方面的客观真相进行概括和分析。专题片有着强烈的主题色彩，融合了创作者对时代背景的理解和对社会现状的深入挖掘，能够透彻直白地表达创作者的观点意愿。

例：

《围猎：行贿者说》解说词选段

【解说词】习近平总书记在党的十九大上强调，要坚持无禁区、全覆盖、零容忍，坚持重遏制、强高压、长震慑，坚持受贿行贿一起查。

现代社会发展和商业文明创造了巨大财富。一部分人为了攫取利益，就会效仿人类早期生存机理中的“围猎”方式，“瞄准猎物，抛撒诱饵，猎而食之”。“窃贿为盗”这四个字生动地定性了“围猎”行为。在“围猎”的土壤里，行贿和受贿就像一根藤上相伴而生的两个“毒瓜”，“含情脉脉”的背后是灵魂的“裸奔”。

程绪库，曾有长达十年公职人员经历的他，因不满足固定的经济收入，辞去公职下海经商，为找到一本万利的捷径，四处摸排寻觅“围猎”对象。谈到什么样的对象最好“围猎”，程绪库自有一番“高见”。

【同期声】程绪库：一个是行事作风很霸道的，如果是一个领导在公司里面他按照规矩去办事、按照规则去办事，我们没有“围猎”的机会。他行事作风霸道，才可以突破一些规矩、规则。另一个是喜欢追求奢侈生活，有很多爱好，超出了他自身经济能力的，这样的领导呢，是我们喜欢去“围猎”，去攻陷的。

【解说词】作风霸道、生活奢靡、毫无节制，程绪库对照着“围猎”对象“标准”，苦苦寻觅，最终锁定了“围猎”目标——时任云南机场集团有限责任公司党委书记、董事长周凯。

【同期声】程绪库：当然首先是确定这个目标，确定了目标以后通过各种方式，通过朋友的介绍，然后去饭局，通过他身边的朋友跟他这样一步步地结识……他对你又很有兴趣，然后大家在一些方面，兴趣爱好、成长经历，包括一些想法，对一些事物的看法有一些共同点，大家能聊得起来。这样我才觉得应该可以攻破，能够靠得上这棵大树。

【解说词】程绪库要经商，周凯需要商人朋友，二人就像“谈恋爱”相互试探起来。

【同期声】程绪库：第一次我送他的东西就是手表，付了钱回来他倒是跟我说，他说这个钱他会还给我。后来他回到昆明以后不久，也让他的驾驶员分两次把这个钱给了我。

周凯：本身没想贪他的东西，也没想让他给我买东西，他是硬要买的。比方说在三亚，我就在那儿看一眼，看完他悄悄地自己下去把它买了，塞到我包里面，（我）没想过这个事儿。

程绪库：信任不是一天建立的，彼此都有一个考察、观察的过程，只要他不排斥和你交往，这已经就是机会了。

周凯：一开始我没想过他要给我付什么钱，我当时的底线就是吃顿饭、喝场酒可以，绝不能沾钱，沾这些东西。认识以后觉得这个人还是比较放心，也没想过他会害我。

程绪库：后面交往的时间多了，他回成都，或者我在昆明，都会约着他们，约着周凯一家吃饭，经常交流，逐渐逐渐地这种信任就建立起来了。

【解说词】天下熙熙，皆为利来；天下攘攘，皆为利往。程绪库和周凯其实都知道对方的心思，而成为熟络的朋友以后，揭开温情的面纱就是时间问题了。

反腐专题片《围猎:行贿者说》梳理了党的十八大以来领导干部违纪违法的部分案件,旨在以“围猎”者和被“围猎”者的惨痛教训警示当下。专题片不仅记录现实社会,而且承载着创作者对社会的主观认识和理解。“在‘围猎’的土壤里,行贿和受贿就像一根藤上相伴而生的两个‘毒瓜’,‘含情脉脉’的背后是灵魂的‘裸奔’。”用生动形象的故事语言进行论证,是专题片解说词的重要特色。两人的经济拉扯就像“谈恋爱”一般互相试探:从你送我一块表、我回你两次现金的考察,到饭局行贿的默许;从建立信任,再到撕下“温情的面纱”,程绪库“围猎”周凯的过程一步步展现在观众面前。解说词通过这些生动的细节把创作意图自然地揭示出来,兼具感染力和说服力。

(三)政论片解说词

政论片是国家宣传的一种手段,涉及社会政治等内容的表达。政论片以宏大叙事为主,拥有明确的政治主题,常选用与主题相符的一些典型的人物实例来论证论点,具有引导舆论、宣传教化的作用。政论片解说词恢宏大气,善于营造高亢奋进、积极向上的氛围,潜移默化地实现传播目的。

例:

《必由之路》解说词选段

【解说词】1984年,在经济改革的主战场,企业改革春潮涌动,无数弄潮儿挺立潮头。在这个舞台上,诞生了中国第一批企业家。1984年,中央出台了经济体制改革的决定,赋予企业自主经营和引进国外设备的权利。这一年,也因此被称为中国的“公司元年”。这一年,张瑞敏临危受命,到濒临倒闭的青岛电冰箱总厂当厂长。

【同期声】张瑞敏:到国外去一看,这个差距太大了,天壤之别。国外先进的制造设备、先进的理念,以及工人非常高的素质,给我们非常非常强的刺激。(我们)已经落伍很多年了,那么现在你要追赶上去,和他一样的话,说得夸张一点儿,真的是需要夜以继日地工作。

【解说词】企业的重生,其实是企业员工责任意识的重生。为了保住企业的质量口碑,张瑞敏砸掉了76台有缺陷的冰箱。当时一台冰箱800多元,是一名普通职工近两年的收入。“品质追求”从此深入海尔员工的骨髓。三年以后,海尔捧回了中国冰箱行业的第一块国家质量金奖。

今天,海尔自创了一个互联网时代的管理模式,张瑞敏像当年砸冰箱一样砸掉了海尔的中间管理层,倡导人人做创客,人人都是CEO。新模式下的海尔衍化出上千个创业小平台,100多个已经得到风投的青睐,有的已经成为上市公司,员工从被动的执行者变为主动的创业者。诞生于改革年代的海尔,将不断改革作为企业常青的法宝。靠唤醒员工而强大的海尔,将员工参与作为企业永续的秘诀,这其实也是中国改革开放持续突进的深刻内因。坚持人民的主体地位,尊重人民的首创精神。中国因此千帆竞渡,人民因此龙腾虎跃。

政论片《必由之路》是为了庆祝改革开放40周年,全方位展示改革开放伟大历程而拍摄的。片中的说理论述严密周全,论据充分、论证合理,符合政论片解说词写作的特点。“中国因此千帆竞渡,人民因此龙腾虎跃”这样宏大的论调不是凭空而来的,而是从前文细致的故事描述、精确的数字分析中得来的。有了具体、客观的信息呈现,解说词想要表达的思想就更为形象、更加生动,并且更容易被观众接受。到了互联网时代,“张瑞敏像当年砸冰箱一样砸掉了海尔的中间管理层”,员工从企业的螺丝钉摇身一变成为企业的主人翁,从被动执行转变为主动创业,这也和我国改革开放的精神内涵相吻合。政论片解说词的语言表达以叙述为主,以议论为辅,常以故事中的典型细节和具体情节带出所要论述的观点。

(四)文献历史片解说词

文献历史片指的是基于历史过程亲历者的回忆实述、历史资料、原始文献记载、历史实物等素材拍摄制作而成的非虚构叙述类纪录片。文献历史片主题鲜明、情感充沛，其中不乏关于历史的深度思考。其解说词的创作需要兼顾历史细节和理论深度。文献历史片的解说词大都将目光投向遥远的过去，将遗留下来的文献、文物、口述、传说等串联起来，在史料的帮助下，再现那些在历史中生活过的人物和发生过的事件，向当下的人们展示那些曾经的生活和文明。

例：

《西南联大》解说词选段

我出生在一个小村庄里的小康之家，现代发明的锋芒还没有到达乡村，因此这些乡村也就像500年前一样，保守、原始、宁静。但是乡下人却不闲：农人忙着耕耘、播种、收获，渔人得在运河里撒网捕鱼，女人得纺织缝补，商人忙着买卖，工匠们忙着制作精巧的成品，读书人则高声诵读，默记“四书五经”，然后参加科举。中国有成千上万这样的村落，共同的文字、共同的生活理想、共同的文化和共同的科举制度，则使整个国家结为一体，而成为大家所知道的中华帝国。

1889年，蒋梦麟刚满三岁，生活在距离杭州湾二十里的余姚蒋村。这一年，绍兴人蔡元培考中了举人，与他同年中举的还有广东新会人梁启超；这一年，天津人严修29岁，在北京的翰林院中编修史书；这一年，位于天津城东巴黎的北洋水师学堂，招收了一个13岁的高个子男生，他的入学登记名字是张伯苓。这个学校的总教习，是毕业于英国格林尼治海军大学的严复。这一年快结束的时候，12月29日，天津一户姓梅的诗书人家诞生了一个男孩儿，取名梅贻琦，字月涵。1889年，光绪皇帝治下的中国，没有大事发生。

我在六岁时进家塾，一般小孩子差不多都是在这个年岁“启蒙”的。我的童年教育可以说主要是记忆工作，幸而我生长在乡村，可以从大自然获得不少的知识和启发。

1894年甲午海战爆发，北洋海军全军覆没，没有留一艘军舰供张伯苓和他的同学们实习。1895 年春节之后，张伯苓接到通知，去停泊在山东威海的通济轮上报道，那时威海卫已被日本占领。

英国人继德、俄之后，强租我威海卫，清廷力不能拒，允之。威海卫于甲午战时为日本人所占据，至是交换，政府派通济舰前往接收，移交英国。其时，苓适毕业于北洋水师学堂，在通济轮上服务，亲身参与其事。目睹国帜三易，悲愤填胸，深受刺激，念国家积弱至此，苟不自强，奚以图存，而自强之道，端在教育，创办新教育，造就新人才，及苓将终身从事教育之救国志愿，即肇始于此时。

这是文献历史片《西南联大》第一集《八音合奏》中的几段解说词。《西南联大》的解说词并不仅仅是画面的单一注解，它从一开始便建构起一个生动具体的意象空间：宁静质朴的乡村、勤劳忙碌的农人、编修史书的清朝官员、刚入学的高个子男生、出生于诗书人家的婴儿……随着一个个鲜活的人物一起走向观众的，是西南联大时期的时代背景、社会环境以及历史故事。文献历史片需要使用大量的文献资料以及历史亲历者的讲述镜头，这也对解说词语言的技巧性提出了很高的要求。在《西南联大》中，黑白影像资料占了全片的大部分篇幅，创作者以第一人称的视角向我们讲述了故事的时代背景，又从历史人物的著述和回忆录中摘录了许多片段。在旁白深沉的讲述中，观众似乎也能感受到张伯苓悲愤填胸之感和以教兴国之志。古今交汇、精彩生动的解说词对带领观众走进全片，带给观众审美愉悦感起到了很大的作用。

（五）文艺节目解说词

文艺节目解说词虽然篇幅较短，但作用重大。它不仅具有串联衔接、承上启下、有机整合的作用，而且可以引导观众思考，表明节目立意。此类解说词的写作需要紧扣节目的主题及立意，常借助节目的名称或具体内容进行发挥。富有感染力的解说词可以让节目更加生动。

例：

2022 年《经典咏流传》第五季第九期开场串词

【主持人撒贝宁】“对此间、风物岂无情，殷勤说。”一代代中国人用美承载了最深厚的情感。“凉风起天末，君子意如何。”风中寄托了对朋友的思念。“寒蝉凄切，对长亭晚，骤雨初歇。”雨水，留下了离别的愁绪。“山中人自正，路险心亦平。”崎岖中正道直行。“坐观垂钓者，徒有羡鱼情。”寂静蕴含着期许。“一道残阳铺水中，半江瑟瑟半江红。”绚丽中传递着喜悦。“闲碾凤团消短梦，静看燕子垒新巢。”春光正好，更要珍惜。“若待明朝风雨过，人在天涯，春在天涯。”让我们放开心胸，拥抱美好。接下来，让我们有请第一位经典传唱人。

【传唱人】“和羞走，倚门回首，却把青梅嗅。”秋千停、金钗落，天真惬意，青涩纯情；“花自飘零水自流”，新婚分离，相思成疾；“物是人非事事休”，天人两隔，孤独哀愁，滋味万千，余韵悠悠。让我们一起走近李清照的喜乐悲愁。

【嘉宾康震】李清照是中国古代最著名的女性文学家，她的词作在她生活的那个年代就流传很广。她的诗文写得也很好，往往关注家国、抒写情怀，还真有些巾帼丈夫的气质。这一首《点绛唇》，像一个待字闺中的少女，写得俏皮、活泼而多情。她早早地起来打秋千，打得浑身是汗，“薄汗轻衣透”，见到客人进来，穿着袜子就跑了，连头上的金钗也掉了。李清照虽是一位女子，但身上真有丈夫气。她以她的词作、她的才情、她的炽烈、她的气节、她的刚强，铸就了她传奇的一生、富有魅力的一生。

《经典咏流传》是央视推出的一档诗词文化音乐节目，节目不仅将经典古诗词融入现代流行音乐里，也融入主持人和嘉宾的串场对白中。第九期的开场环节，主持人撒贝宁带来了一段唯美而精妙的串词诵读，简短的一段话引用了八句古诗词，巧妙地选用了观众耳熟能详的诗句，在契合节目调性、强调节目文化气质的同时，拉近了节目和观众之间的距离，唤醒观众的集体记忆和自发联想,使这段诵读有了更强烈的互动感和感召力。在诵读中,主持人融合古人的气质,输出当下关于“美”的观点,成为勾连整个节目的重要线索。嘉宾康震的串词则起着串联前后环节的作用,口语化的表达方式和简单短促的语言句式,消解了主持人诵读环节大段古文带来的严肃感,引导着观众的思绪从传统意境迈向流行文化,从文人的诗情画意走进“李清照的喜乐悲愁”,巧妙地过渡到传唱环节。

(六)新闻类解说词

除了消息之外的电视新闻节目,如现场直播、深度报道等的文稿准备工作都可以算作解说词写作的一部分。新闻类解说词写作与纪录片解说词写作有许多相同之处,但也因新闻的特性有一些特殊要求。新闻传播领域已有丰富的论著,限于篇幅,本书对此不再赘述。

二、按解说词的描述特点分类

(一)写实类解说词

学者姚治兰曾经打过一个比喻:“如果说写实是缝纫的话,写意则是刺绣。写实像一个人脚踏缝纫机,沿着针脚结结实实走一遍;写意如同一个人手握绣花针,去挑明你思想的情绪以及创作的意象。”写实类电视片通过真实的故事以及生动的细节,客观地表现生活的情景和事件发生的过程。写实类解说词语言较为注重细节刻画,类似于文学中的白描手法,主张语言要自由流畅、口语化,让观众感觉生动而亲切。

例:

《极地》解说词选段

【解说词】当藏北还是冰天雪地的时候,来自印度洋的暖湿气流给易贡河谷带来春天。这个时候，白玛又可以进山了。通往河谷上游八盖乡的路，顺利的话需要两天的时间，不顺利就不知道要走多久了。白玛是波密县的电影放映员，他要在雨季来临之前完成进山放映的任务。

【同期声】白玛曲旺：快快回来，赛冬。快快回来，赛冬，快快回来。

【解说词】两个月后，暴涨的河水会淹没这片河滩。雨季来临之前，在细沙地搭建帐篷，暂时还是安全的。河对岸的朗峪村只有八户人家，巨大的海拔落差形成的冲击力将村落与外界隔绝开来。

【同期声】白玛曲旺：你是朗峪村的村长吗？我是放映员，来八盖乡放电影的，你们来滑索这边接我一下。

达瓦扎西：我马上找几个人飞过来帮你。

白玛曲旺：好的，谢谢。

白玛曲旺：你好你好。

达瓦扎西：来这放电影真是难得啊。

白玛曲旺：哦，必须的。我从来都没飞过（滑索）。我从易贡一路走过来的，一路都是滑坡泥石流，吓死我了。

达瓦扎西：那我们这个滑索更危险，你的马要过去吗？

白玛曲旺：马过不去吧？马游泳的话会被淹死的。

达瓦扎西：马要走滑索的话，马头会撞到石头上，肯定会死的，掉到河里会被冲走，尸体都找不到，滑索肯定会断的。如果一定要运马，只有抬高下面的滑索。

白玛曲旺：好好抓住啊。

村民：加油，快一点。

村民：手都痛了。

村民：千万别松开。

村民：太沉了，撑不住了。

村民：拉直，不然马肯定要掉河里淹死的。

村民:一二三,拉,可以了,用石头压住。

村民:这破木头撑得住吗?

村民:没问题。

村民:如果不够重的话,这个坏掉了,马会被冲跑的。

村民:可以的。

村民:特别难,两百斤的东西滑索都承受不住,这马得有五百多斤吧。

村民:把马掉下去拍成电影吧。

白玛曲旺:一定要绑紧一点。

村民:绳子不够了,把你的腰带解下来。

村民:从没见过这样拴马的。

村民:会断的。

白玛曲旺:一定要帮我拴紧点。

村民:白玛啊白玛,亲爱的白玛,马没死,他先吓死了。撑得住的,没问题的。

村民:先要人过去,不然绑马也没用,得有人过去拉马。

白玛曲旺:帮我绑紧点。

村民:好。拿好这个。

【解说词】这个季节,河床上的岩石纷纷露出水面,意外随时可能发生。

【同期声】村民:用力拉啊,拉啊。越来越重了,拉不上来了。不知道怎么回事,用力拉,再往上拉上去。绳子要断了,会不会断啊?

村民:不会断的。使劲,一二三,再使劲,一二三!

村民:现在可以放下来吗?

村民:现在不是放下的时候。快点帮一下,一二三……可以放下了。啊菩萨保佑,放下来。

【解说词】接下来白玛还要继续深入山谷,因为雨季马上就要到了。

《极地》第一集《孤独土地上的守望者》分别讲述了三位藏民的故事,

《白玛曲旺》一节通过对电影放映员白玛曲旺深入山谷,跋山涉水、运马过河,为深山中的八户藏民放映电影这一经历平实化的白描,记录了藏区工作者的日常生活。开头部分没有多余的话,仅用短短几句就交代清楚了事件发生的背景和相关信息,使观众结合当地的气候环境等地理常识在脑海中构建起想象的空间。整段解说词像片子的内容一样朴实无华,并没有使用多么深刻或华丽的辞藻,只是对画面的内容进行解释、补充,对观众看不到的画外信息进行提示。对于一路上环境的艰险和白玛曲旺在深山中的危险处境,解说词说道:"通往河谷上游八盖乡的路,顺利的话需要两天的时间,不顺利就不知道要走多久了。"配上画面中滑坡、落石和蜿蜒崎岖的山路,观众自然而然地会为白玛曲旺担心。结尾处解说词并未对白玛曲旺成功渡江的心情和村民观看电影的开怀场景进行渲染,而是用一句简单的"白玛还要继续深入山谷"结束了这个故事。讲到这里,年纪轻轻的电影放映员白玛曲旺坚守在藏区深处的形象已经印在了每一位观众的心中。

(二)写意类解说词

"写意"是中国国画的一种画法,指的是绘画时不求用笔工细,更加注重对画中物神态的表现,在画作中抒发作者的情感。写意类电视片讲究在真实生活的基础上营造意境。写意类解说词不再是简单质朴的白描,往往充满了艺术感,强调人文性和艺术性,兼顾文学性和哲理性,给观众一种良好的审美体验,甚至可以独立于画面内容而存在,用来抒发创作者对生活的感悟。

例:

《寻味顺德》解说词选段

这是一个古老和现代奇妙交融的地方。千年围垦孕育出丰饶的桑基鱼塘,一百年前缫丝业的繁盛让它富甲一方。今天,这里出产的家电用品改变着全球数十亿人的生活。然而,这片土地最负盛名的永远是美食。顺德以食物为遗传密码，让自己区别于世界上任何一个地方。

初夏，珠江三角洲。密致的河网滋润着中国南部沿海最广阔的平原，河道下面蛰伏着一个古老的秘密。黄联村的村民们从水底抬出龙船，龙船长30米，重达2吨，它承载着人们对袪灾纳福的愿望和对风调雨顺的祈盼。端午节，龙船从各个村落驶出，穿行于大小河涌，另一场重头戏也即将拉开帷幕。十几人的烹饪队在河边架起五六口直径一米的铁锅，他们要为全村两千多人准备食物。30多种传统食材、10道多年不变的菜式，从早晨5点开始要一直忙到日落，这场一年一度的盛宴当地叫龙船饭，全村所有人都会赶在农历五月初在这里相聚，这是农耕社会集体生活的遗存。无论世事如何变迁，不变的家乡味道，总能被食物记忆和传递，连接着永恒的乡土之源……

春天，东南季风如约而至，又有几只雏鸟破壳，白鹭依照自然的节律生息繁衍；西江岸边，这片竹林像城市的生物钟，提醒人们新的一年开始了；黄连村，人们再次起出龙船，细心涂上桐油，等待又一个端午节的到来；塘基上，奇叔在给节瓜花授粉，一家人将迎来新的收获；富华街头，黄玉仙像钟表一样准时，食客的等待今夜照例不会落空。美食四季流转，人们走向明天的脚步也时刻向前。在这里，从手到心传递的食味让人们离乡土永不遥远。

纪录片《寻味顺德》的第一集《乡土之源》，以顺德美食为切入点，介绍了顺德人和龙船饭、清水打边炉等当地特色菜之间的故事，语言精美、句式流畅。食物是顺德的“遗传密码”，开篇短短几个字，就将顺德鲜明的地域文化特性尽显。通过解说词，我们可以感受到一些无法用画面语言展现的精神内涵。龙船承载着顺德人质朴的愿望和古老的祈盼，一年一度的端午盛宴，是农耕社会留下来的传统，也是乡土文化刻在顺德人心底的印记。在片子的最后，解说词是这样说的：“美食四季流转，人们走向明天的脚步也时刻向前。在这里，从手到心传递的食味让人们离乡土永不遥远。”从手传递到心的，不仅是“食味”，也是顺德人骨子里对家乡的热爱和认同。解说词用寥寥几句，便勾勒出顺德人和顺德菜千古传承的故事，也映照出顺德人怡然自得的心境和继古开今的情怀。写意类解说词除了有大量优美的文学性描述外，言语间也常常富含隐喻，这对于调动观众的想象力，触发人们的艺术联想有着很大的作用。

第三节　电视传播特性 >>>

从宏观角度来看，意义通过不同的媒介生产出来。目前，意义通过复杂的技术，通过现代大众传媒这种全球通信手段生产出来，并以历史上从未有过的规模和速度在不同文化之间循环起来。

一、电视传播特性

电视属于大众媒介。电视传播是信息运动的一种重要形式。从传播内容、传播方式、传播对象三个方面来看，电视传播具有以下几大特点：视听兼备、时效性强、保存性弱，信息传播中强调时序性，节目制作中强调互动性和服务性。

首先，从电视传播的内容来看，电视传播具有现场感，传播内容视听兼备、信息量大，观众的直接感受性强。电视能同时传播视觉符号和听觉符号。通过电视，观众既能体会到视觉之美，也能体会到声音的感染力。视觉是电视传播的主要手段，声画并茂的电视节目可以帮助观众立体、直观地感受电视画面内容，将观众接收到的信息量最大化。在《极地》中，白玛曲旺和村民用悬索运马渡江时，通过电视画面，观众可以直观地了解地势的险峻，配合激流拍打两岸石块的声音和马匹的叫声，观众的心也悬了起来。观众可以从画面上看到马被钓上钢索，钢索因无法承受马匹的重量而不断下滑的整个过程。在马匹即将上岸之际，白玛曲旺紧张的神情和焦灼的音乐氛围都直接影响着观众、感染着观众，让观众和白玛曲旺一起焦急地等待结果。电视的图像语言能够最大限度地向观众再现摄像机前的场景，再配合音乐、音响、语言等声音符号，可以为观众传递真实的情绪体验，给人一种身临其境之感。

其次，从电视传播的方式来看，电视传播信息的时效性强、保存性差，传播信息时强调时序性。电视直播是电视传播中最具时效性的传播方式，电视信息采编播手段的现代化和一体化发展，使电视信息的发送和观众对信息的接收能够同步进行。当遇到重大的突发事件时，电视可以通过字幕插入或是紧急播报的方式，在不中断原有节目的前提下及时插入并更新信息，时效性极强。但电视传播也存在一些缺点：电视传播存在固定的流程，不以观众的主观意志为转移；在没有视频回放和网络播放功能的时代，电视传播的信息转瞬即逝，保存性也较差。自 1978 年起，中央电视台每天晚上七点整都会播放《新闻联播》，地方台也会对其进行转播，每期时长固定为 30 分钟，当遇到重大新闻或是某些特殊情况时会延时。在网络电视出现之前，观众只能按照电视台固定的播出时间和播出时长来收看节目。

最后，从电视传播的接收对象来看，电视传播的互动性和参与性较强，并带有很典型的服务性质。电视传播的互动性缩短了其与观众的心理距离。通过互动，观众不仅是信息的接收者，也是信息传播的参与者。电视传播有着多种多样的互动形式：在新闻节目中，主播会在演播室现场连线特邀嘉宾和外景记者。在各大晚会中，主持人会利用短信、电话、网络等手段和观众进行实时的连线互动：1983 年第一届春晚通过观众来电点播节目；2004 年播出的大热综艺《超级女声》采用了观众短信投票的形式决定选手去留。再到现在，网络电视中即时发送的弹幕、直播中发送的评论等，都是电视传播基于时代特点作出的良好互动尝试。此外，电视传播还具有较强的服务性，电视节目本身就是为大众服务、为大众提供精神娱乐而存在的。如今，电视上的服务性节目与日俱增，越来越多的节目开始围绕着观众生活的各个方面提供信息和帮助，现实主义题材的剧作数量也不断攀升，目的就是方便观众、服务观众。

在英国研究大众传媒的伯明翰学派看来,意义得以产生和循环的最具优势的一个媒介,就是语言。语言通过表征来运作,各种语言都是“表征的系统”。电视传播正是利用各种符号和语言,向观众传情达意。观众也每时每刻接收电视传递的各种信息,完成一种文化的实践。

二、电视片解说词写作的思维特性

电视片解说词是为看而写、为听而写的。在纪实片解说词的创作中,我们并不要求使用文学性极强的华丽辞藻,也有别于专业新闻稿件的事实呈现,而要做到通俗易懂、虚实结合。解说词既是对电视片总体策划的组织与统领,也是对画面语言的延续和补充。它不单单展现画面内容,更有丰富画面、点明主题、渲染气氛等作用。正确地认识和理解电视传播的特性,有助于创作者更好地进行解说词写作。

(一)文本决定论

解说词最早被视作画面的“附属”,对画面仅起配合作用。早期的解说词创作,是在片子的画面结构剪辑完成后,再为画面配上画外音,所以这项工作也被称为“配解说词”。随着电视事业的成长和纪录片创作的专业化发展,作品的篇幅不断增长,其中所蕴含的思想和文化内涵不断丰富,电视片制作的体量也在变大。基于此,解说词成为画面信息获取和画面排列组合的语义依据。在创作初期,创作者需要预设一个基本的文案构思作为整个创作的拍摄依据。当下的电视片制作已经形成了“以文本为核心”的创作流程,文本的质量对纪录片的完成度有着重要的影响。解说词写作与传统的写作不同,其目的是拍摄成片,让人听得明白、看得清楚。解说词写作发展到今天,已经从单纯的看图说话,转变为预设文案和剪辑脚本的统一,且文案需具有充分电视化的可能。在剪辑画面时，我们需要使用预设的文案来捋清事件逻辑、把握主题方向，明确片子的思想内涵。

（二）培养电视思维

电视思维是一种立体思维，包含感性思维、理性思维和灵感思维。电视思维具有无穷的创新力，创作者需在电视思维的指导下进行解说词创作。在第一阶段，创作者往往基于自己的生活经验和个体感受来记录生活表象，尚且处于对形象思维进行感性认识的阶段；在第二阶段，创作者不再满足于对生活表象的客观记录，转而开始追求情感的表达和意见的发声，从“是什么”跨越到“为什么”；在第三阶段，创作者开始依靠灵感的迸发实现另类的意向表达，这是经过长期的练习和积累，才能达到自如的创作境界。

电视片解说词需要以传统的文章行文模式为创作基础，也需要根据电视传播的特性作出相应的调整。电视传播的大众性决定了电视片解说词的写作有别于私人类、档案类等非大众传播类的文本写作，而是更加讲究“实拍”“实看”，强调它的社会化应用。在电视片中，画面和声音是相辅相成的，创作者需要将图像、同期声、音乐音响、解说词等元素巧妙和谐地融合在一起。解说词的创作需要与其他表现元素相互配合，实现有机的统一，以便更好地表现主题。解说词并不是独立存在的，而是电视语言的一部分，我们单独分析解说词时，会发现上下文有时存在不连贯的语段，这些跳跃式、不完整的语段，就是为其他画面语言发挥作用的留白。

解说词的写作不同于文章的发表，电视传播的特性对解说词写作者提出了更高的文字创作要求。在创作解说词的过程中，我们要把握好媒介的特性，抓住电视传播的规律，培养电视思维，只有这样，才能正确地把握和运用电视传播的优势，让解说词更好地服务于电视作品。

第四节　创作者的素养 >>>

媒介技术的迅速发展为大众提供了内容生产的空间,也赋予了普通人自我表达的权利。在这样一个“人人都有麦克风”的时代,媒体从业者如何坚守内容生产的底线,如何保持创作的激情,如何兼顾自我价值和社会价值的实现,都是我们在解说词创作中需要思考的问题。

一、法律意识

法律意识是解说词创作者必不可少的意识。在解说词创作的过程中,我们要注重法律意识的培养。虽然我们不是专业的法律从业者,不用精通不同类别的法律法规,但是要具备基础的法律素养以及敏锐的法律眼光。在创作过程中,我们要知法、懂法、守法,法无授权不可为,法无禁止皆可为,法定职责必须为。我们要在法律允许的范围内进行创作,要避开法律明令禁止拍摄的血腥、色情、暴力等不适宜通过电视传播的情节。

当受到不公正待遇时,我们要懂得如何拿起法律武器保护自己,也要维护法律的公平和社会的正义,勇敢地揭露违法行为和不良现象。同时,创作者要增强对知识产权的保护,尊重原创。艺术创作的起步和训练阶段离不开对经典作品的模仿和学习,但模仿并不是创作的最终目标。电视创作的表现手法世异时移,借鉴和模仿绝对不是创作者可持续发展的方向。对原创的追求和推崇,既是对他人既有成果的尊重,也是对自身创作环境的保护。

二、专业意识

无论在哪个行业，专业能力都是创作者的立身之本，解说词创作者也需要具有高尚的艺术追求。独具一格的事物观察角度、卓荦不凡的思想高度、不同流俗的价值取向、出陈易新的艺术呈现方式、丰富广博的知识结构……这些都是创作者为电视作品提供高质量文本的根基所在。在创作过程中，我们不能一元独断，而要博采众长。文化包容有益于创作思想的自由抒发和多元融合。同时，我们也要具备根据团队的实际情况进行文本变通的意识和能力，在沉着中理性思考，在思考中理性妥协。对于创作者来说，熟练掌握电视媒介的传播特性尤为重要。只有对电视的媒介属性有全面的认知，甚至具备批评思考的能力，才有可能真正理解电视创作的规律，并且站在更高的维度上思考视听创作。

当然，创作者还需要具备协调艺术追求与理性需求的能力。美国学者布洛克在《美学新解》中说："完全的艺术自洽是一个不可能实现但又相当诱人的梦。"在创作解说词的过程中，保持工作理性也是创作者不可忽视的能力。对艺术的追求和对创作的热情只是完成作品过程中富含浪漫色彩的一部分，而如何从理性视角出发，分析和判断作品背后的本质，避免作品困于感性主义的桎梏，是电视创作不可或缺的一环；如何实现创作思想倾向、价值取向和创作理念之间的协调也是我们需要面对的难题。

三、观众意识

电视片的制作本质上是一种文化服务，如何把行业内容转化为观众看点，融合行业关注点和大众注目点，吸引大众关注，实现大众传播，是每一个创作者必须研究的课题。电视作品服务于观众，作品的最终价值也要受到观众的检验。作品的质量并不单一由市场反馈决定，但作品的持续发展离不开观众的肯定。总而言之，创作者需要树立正确的观众意识，正确看待创作者与观众之间的关系。想观众之所想，急观众之所急。这样既能满足观众日益增长的精神文化需求，也能为创作者提供良好的创作土壤，实现双向共赢。

我们常常说，艺术来源于生活，又高于生活。创作者只有将生活的点滴和自己的真挚情感相融合，才能写出打动观众的好作品。生活为艺术创作提供了广阔的天地，情感赋予了艺术表达源源不绝的动力。真挚而细腻的情感表达、丰富而灵动的生活细节，是打动观众的关键所在。而这一切都需要创作者深入生活、把握生活、感受生活，对生活时刻保持敏锐的洞察力和深刻的理解力，从丰富的生活经历中获取对客观事物的真实感受和认知。

我们只有把握时代脉搏、与时俱进，才能够满足观众不断变化的艺术需求。不同的时代有不同的文化特征，文化生活潜移默化地影响着人们的内心，观众的文化需求和审美内涵也有着明显的时代特点。常年不变的制作内容、流水线式的生产模式，很容易使创作者丢失创新精神。但时代在变、生活在变，观众的文化需求也不断在变。电视作品不仅要向观众传递信息、提供服务，还要不断提高创作能力，向观众表现“美”、传播“新”。

四、社会意识

媒体工作者常被称作“党的喉舌”，电视媒介具有大众传播的功能，电视作品也就不可避免地具有政治宣传的色彩。解说词创作者需要以党的方针政策为指导，坚持正确的政治方向和舆论导向，符合人民的根本利益，脚踏实地地去搞创作；在关心时政、联系群众的基础上去创作，在作品中积极宣传党的政策、反映人民生活。

除此之外，创作者也要承担起行业的社会责任，在作品中阐发更广阔的社会意义和现实价值。《我在故宫修文物》作为2016年“爆红”的纪录片之一，不仅让文物修复师的生活进入了观众的视野，也让师傅们择一事而终一生的工匠精神有了非凡的意义，带动了越来越多的年轻人躬身入局，投身于传统记忆的传承和文化传播之中，实现了超行业化的发展。因此在创作解说词时，我们要超越行业思维，给予作品更加全面、深刻的社会意义，通过片中有限的内容同大众实现无限的联结。

第二章

影像语言系统

影像语言即视听语言，由画面语言和声音语言两部分组成。它依托视觉和听觉两种感官，以声音和图像的综合形态，通过合理安排视听刺激来向受众传播思想、情感和信息。它随着电影艺术的出现而不断发展，被大量运用在电影创作之中。20 世纪，随着科技的发展，电视艺术出现。电视艺术在发展过程中大量吸收了电影艺术的创作经验，两者在审美特征上有许多相似之处，互为“姊妹艺术”。而在新媒体时代，多媒介融合发展的趋势对视听语言提出了更高的要求。了解影视语言的系统构成，对于创作具有良好表现力和传播效果的解说词是十分必要的。

第一节　画面语言 >>>

画面叙事有别于文字或声音形态叙事，我们可以将画面语言分为构图、景别、角度、色彩、光线、蒙太奇与长镜头这几个部分，每个部分相辅相成，缺一不可。

一、构图

构图是指创作者根据影片的主题和美学需要，对取景框中拍摄对象的位置进行安排。构图包括主体、陪体、前景、背景、空白等要素，对各种要素有目的地进行安排组合，可以起到完成叙事、丰富画面信息、突出主体、聚集视线、美化画面等作用。

（一）主体

主体即画面的主要表现对象，它是画面内容的中心，也是画面结构的中心。如果画面失去主体或主体模糊，观众就会感到困惑、茫然。主体不一定要出现在画面的中心位置，创作者往往会通过黄金分割法、明暗虚实对比等方法来引导观众视线、突出主体。

（二）陪体

陪体即对主体起到衬托作用或补充画面信息的表现对象。陪体与主体关系紧密，帮助主体完成一些意义表达。一般来说，相对于主体，陪体在画面中所占的比例较小，但陪体并非可有可无，陪体可以起到帮助主体揭示主题、均衡画面、渲染气氛等作用。

（三）前景

前景即画面中位于主体前面的景物或人物，一般最靠近镜头。前景可以出现在画面四边或四角，可以是虚像，也可以是实像。前景能够为整个画面带来视觉冲击力，且具有装饰、遮挡等美化画面的功能，同时可以增加画面的信息量，辅助叙事和表意。

（四）背景

背景即处在画面主体背后的景物，是画面层次的重要保障。背景既有传递信息的功能，能够说明时代特征、民族风格、地域特色，表明主体的身份和所在的环境，同时也是情绪塑造的重要手段。

合理安排主体、陪体、前景和背景可以使画面产生纵深感，这种构图通常被叫作“景深构图”。景深构图讲求沿着纵深方向安排被摄对象，从而产生逼真的空间立体感。景深构图在视觉上突破了戏剧、绘画中的“第三面墙”，为影像造型开拓了新的空间。创作者可以利用构图中的不同要素形成前后、主次等对比关系，丰富画面的层次，使画面具有较强的形式美感。

（五）空白

空白又称留白，影像中的空白类似于中国传统绘画中的留白，即画面中没有填满的部分。创作者合理运用空白，对拍摄内容进行取舍，能使画面整体更为协调精美、主体突出；有时刻意留下空白，还能使画面充满意境美，增加受众的想象空间。

此外，影视创作中的构图方式可以分为封闭式和开放式两种。封闭式构图的影像基本限制在画框内，画内空间即全部的表意空间；而开放式构图的影像常常会出画入画，或者保持向画外空间的开放姿态，需要受众通过联想画外空间进行体会。封闭式构图一般适合静态的平面造型，而开放式构图更趋于动态，因此影视创作中常用开放式构图来获得更强的空间真实感和造型潜力。需要注意的是，构图方式并无绝对的公式，创作者要综合作品的主旨表达、叙事需要、情绪塑造等因素灵活运用，不断发展和创新。

二、景别

景别指被摄对象在画面中所占面积的大小，是通过一个镜头的外部框架形态来约束镜头内容呈现的一种方式，一般分为远景、全景、中景、近景和特写五种。景别与摄影机和被摄对象的距离有关，它既可以通过调整摄影机与被摄对象的距离来改变，也可以通过调节摄影机内部的焦距进行改变。

（一）远景

在远景画面中，人物通常占比很小，甚至一些远景镜头中只有景物没有人物，这种没有人物的镜头常被称为“空镜头”。远景起到交代故事发生的环境和地点的作用，注重整体的氛围营造和情绪渲染，并不交代过于具体的信息，也不具备叙事功能。纪录片《雪豹的冰封王国》中就有很多远景镜头，展现了隐秘的高原山谷的地形地貌，交代了雪豹生存的自然环境，具有很强的视觉感染力，为叙述雪豹在冰封之地的生存活动奠定了整体基调。

（二）全景

全景指摄取人物全身或表现被摄对象全貌的景别，一般人物高度占整个画面高度的四分之三。在主要人物出场时，全景镜头能够展现人物的整体造型，凸显人物的性格特点。纪录片《柴米油盐之上 · 琳宝》这一集，以女司机琳宝擦拭大卡车前风挡玻璃的两个全景镜头作为开篇，交代人物的职业身份，同时其娇小的身形与庞大车头的对比以及其奋力擦拭的认真模样，也展现了人物吃苦耐劳的性格特征。全景是人正常视觉感知的景别，在全景画面中，主体和环境同样重要，可以展现相对完整的活动内容，交代画面中诸事物的关系，适宜拍摄时长较长的镜头。

（三）中景

中景指表现人物膝盖以上部分的镜头画面。与全景相比，中景中的人物所占画面的面积较大，可以更清楚地展现人物的面部表情和形体动作，传达更丰富的信息。中景镜头是一种关系镜头，我们可以通过中景镜头同时拍摄几个人物，完成多个人物的关系展现，进而形成镜头内部叙事。

（四）近景

近景指表现人物腰部或胸部以上部分的景别。由于摄影机与被摄对象之间的距离较近，近景画面容易使观众产生较强的介入感，观众可以关注到被摄对象的神情变化，因此近景常用于单人采访画面。近景镜头是一种细节镜头，而细节是画面主题的重要组成部分。在纪录片《但是还有书籍》第二季第一集中，98 岁的版本目录学家沈燮元针对自己的古籍整理工作侃侃而谈，此时的近景镜头让观众可以清晰地看到这张布满皱纹的脸上洋溢的神采，感受到其对所从事的工作由衷的热爱。

（五）特写

特写镜头可以表现人，也可以表现物。人物特写一般表现人物肩部以上的部分或者人体的某一局部细节。人物特写能够放大人物隐藏的内心情绪，表现人物瞬息万变的内心世界；物件特写可以解释物件与人物之间的关系，也可以制造悬念、推动叙事。特写镜头充满视觉张力和信息量，能够有效引导观众视线。

（六）构图与景别的综合运用

我们以纪录片《小小少年》的第一集《那夺云》为例，对画面构图和拍摄景别进行全面、系统的分析。

这一集讲述了云南贫困山村那夺村中一位叫“云儿”的极具舞蹈天赋的小女孩，在北京舞蹈学院两位老师的公益计划帮助下，和村里其他热爱舞蹈的女孩走出大山，在中央电视台的舞台上表演的故事。在这一集中，我们看到了女孩们对梦想的坚持、热爱和老师们不求回报的无私精神。

1. 从画面构图来看

该片中有这样一幅画面：自学舞蹈的云儿第一次接受北舞老师的“科班

训练”,穿上足尖鞋练习芭蕾舞步(图 2-1)。此时起舞的云儿和引导的老师所形成的画面构图,能让观众直观地理解谁是主角,何为主体、何为陪体。

图 2-1　纪录片《小小少年》中的主体与陪体

在图 2-2 这幅感动了很多网友的画面中,虽然云儿占比不大,但其形体动作富有特点,仍是表现的主角,而切肉的云儿妈妈是画面的前景,杂乱破旧的猪肉铺内部是画面的背景。前景、主体、背景的综合应用带来的巧妙构图,呈现出极具感染力的视觉效果,“一半是生活,一半是梦想”,这个镜头成功地塑造出一个身处猪肉铺仍翩翩起舞的励志女孩形象。

图 2-2　纪录片《小小少年》中的前景、主体与背景

2. 从拍摄景别来看

身处深山仍充满希望是这一集所要表现的主旨之一。因此，片中运用多个远景镜头，展现拍摄地那夺村崎岖蜿蜒的地貌、风光等（图 2-3），凸显出这些女孩走出大山的艰难。

图 2-3　纪录片《小小少年》中的远景

当彝族女孩云儿出现时，导演使用大量全景、中景来刻画人物，尤其是使用全景展现人物的全貌和形体，表明人物身份（图 2-4）。全景画面能够兼顾环境，在说明女孩来自大山这一信息的同时，营造出一种氛围美，让画面兼具叙事性与审美性。

图 2-4　纪录片《小小少年》中的全景

当表现人物交流互动时,《小小少年》使用了大量的中景和近景,尤其是用中景来完成叙事。比如北舞老师在村民的帮助下穿着民族服饰的中景,让观众能够看清人物的肢体动作和情态变化。服饰的美丽、村民的淳朴等都通过这个镜头完成了内部叙事(图2-5)。中景镜头作为一种关系镜头,也展示了北舞老师与村民和睦友好的关系。

图2-5　纪录片《小小少年》中的中景

近景除了表现人物对话、推进叙事之外,还可以刻画人物面部细节、烘托情感等。《小小少年》中对那夺村女孩们的采访段落都使用了近景镜头,展现了女孩们单纯美丽的面容以及笑容里洋溢的乐观向上的精神(图2-6)。当谈及不在身边的父母时,女孩们哽咽落泪的神情展现了她们的孤苦无助,

图2-6　纪录片《小小少年》中的近景

引发观众的深切同情。

《小小少年》中，关于人物或事物的特写镜头有效放大了故事细节，引起观众注意。如云儿被老师压肩疼哭的镜头采用了面部特写，人物情绪状态和内心世界直观展现出来（图 2-7）。在云儿的神情中，我们能看到拉伸带来的痛苦，同时也能从她的目光中感受到倔强和坚毅，确信她尽管流泪也一定会坚持下去。

而在云儿练习舞蹈时对她足尖的特写，让观众清晰地看到她从第一次穿足尖鞋的艰难摇晃到能够站立、起舞的过程（图 2-8）。随着她脚尖的起落，观众的情绪也被紧紧牵动，这就是特写镜头带来的视觉张力和放大作用。

图 2-7　纪录片《小小少年》中的特写 A

图 2-8　纪录片《小小少年》中的特写 B

三、角度

拍摄角度通常可以分为物理角度和心理角度。物理角度就是摄影机与被摄对象相对于水平线所形成的夹角，用来体现被摄对象的相对位置关系；心理角度指创作者赋予观众的视觉角度，即镜头模拟的视点。

（一）物理角度

物理角度以人的正常水平视线高度来划分，可以分为平视角度、俯视角度、仰视角度和倾斜角度。

1. 平视角度

平视角度即摄影机与被摄对象处于同一水平高度，摄影机模仿人眼水平直视的角度。平视角度是最常见的一种拍摄角度，其画面均衡、稳定，不变形、不夸张，符合客观现实，较少承载创作者的个人情感和主观倾向。平视角度常常出现在纪实风格的影像中，客观性强且表达平实，具有较强的生活化印记。正面的平视角度能够模拟被摄对象与镜头间的直接交流，背面的平视角度能够设置悬念，制造悬疑气氛，渲染紧张情绪。

2. 俯视角度

俯视角度即摄影机位置高于被摄对象的拍摄角度。非平视的摄影角度往往带有一定的感情色彩，有时甚至隐含着人物的权力关系。比如，用高角度俯拍可以表现人物的弱小，也可以表现被摄对象处于困境中无法摆脱，一些画面也常用俯视角度来表现对被摄对象的鄙视和丑化。

3. 仰视角度

仰视角度通常用来塑造人物威严、高大的形象，给人一种肃然起敬的感受，或暗示反面人物的势力强大。仰视角度和俯视角度结合使用，可以交代人物的空间关系，也可以隐喻人物间的权力、地位关系。此外，仰视角度还可以表现孩童、动物的视点。

4. 倾斜角度

倾斜角度是一种不稳定的拍摄角度，可以用来模拟醉酒、体力不支、遭受暴力的人的主观视角，能够传达动荡不安的情绪，具有较强的表现力。

需要注意的是，物理角度的选择有时并不一定带有情绪引导作用，只是为了更好地表现整个场景的空间层次、表现被摄主体与环境之间的关系，或仅仅为了追求视觉上的感染力和冲击力。因此，我们要结合叙事内容来具体看待。

(二)心理角度

从心理角度出发,镜头可以分为客观镜头和主观镜头两类,可简单理解为文学中的“第三人称”和“第一人称”。

1. 客观镜头

客观镜头即摄影机模拟局外人旁观视点的镜头,这也是最常见的镜头之一。采用客观镜头时,叙事者应保持中立态度,尽量不添加个人感情色彩和态度,为观众呈现事实。客观镜头在纪实影片中被大量使用。

2. 主观镜头

主观镜头即摄影机模拟故事中某个人物的眼睛看到的景象,相当于该人物的主观视点,带有强烈的主观色彩和介入感。主观镜头可用于表现人物的回忆、联想,展示人物内心世界,也可用于表现偷窥的视点,还可用来表现人物的空间位置和行为动线等。主观镜头能够使观众产生身临其境的感觉,使观众与人物进行情绪交流,激发理解和共鸣。

四、色彩

色彩具有独特的视觉语言表意功能,能够对主题表达产生潜移默化的影响,同时也可以带来画面的形式美感。色彩在视听语言创作中属于画面语言的一部分,因此,它同其他语言元素一样具有象征、比喻的功能。例如,白色代表纯洁,黑色象征黑暗、恐怖等。色彩也可以表现造型、突出主体、塑造人物、制造气氛、区隔时空。

提到影片中色彩的使用,就不得不提到色调。在光谱反映的色谱中,相近的色光有统一的倾向,明度相近的色彩在画面上组合,能给人和谐的感觉,形成“色调”。在现代视听创作中,色调常常与影调结合在一起,分别影响画面的色彩基调和明暗层次。除了以明暗度区分的明色调、暗色调以外,在色别(色相)上,有红色调、黄色调、绿色调、蓝色调等;在色性上,有暖色调、冷色调等。其中,暖色调以暖色(如红、黄、橙等)为主,给人以温暖、热情、光辉、欢乐和喜庆等感受;冷色调以冷色(如蓝、绿、紫等)为主,给人以冷清、压抑、忧伤等感受。此外,不同的色彩能带给人不同的联想,比如红色使人联想到鲜血、花,绿色使人联想到春天、绿草、碧树,黑色使人联想到黑夜、黑暗、魔鬼等。色彩通过对人视觉的直接刺激影响人的感知,促进人们对画面情绪和主题的理解。

《国家相册》的特别节目《风雨百年味》(图 2-9)是献礼中国共产党成立 100 周年的贺岁片,它用关于味道的记忆讲述中国共产党百年历史,让一张张记录着中国发展建设道路上关键时刻的老照片“活”了起来,把照片背后的感人故事重新带入观众视野。色彩是这部片子叙事的重要手段,大年三十团圆饭的画面整体采用暖色调,布景与人物衣服也大量运用红色,洋溢着喜庆、温馨的氛围。这段内容与片中讲述中国共产党百年奋斗史的那些艰苦画面形成鲜明对比,让观众更为深刻地感受到当今幸福美好生活的来之不易。通过色彩色调的运用,影片情绪得到渲染,主旨得到烘托。

图 2-9 《风雨百年味》中的色彩

五、光线

光线是视听语言中非常重要的一部分,它可以起到塑造人物、营造氛围的作用，还可以明确时间和空间，进行时空转换。在特定的叙事环境中，通过过度曝光使影像稍稍模糊，甚至泛白，可以表现一些梦幻场景或者回忆段落。此外，光线的明暗也可以揭示人物的性格，将人物内心的情感外化。

光线还可以奠定影像的基调和风格。影像是色调与影调的叠加，现代视听作品的影像往往是彩色的，我们把色彩分离，就可以得到纯粹的黑白影调。影调即影像的明暗层次，有高调、低调和中间调之分：高调照明光线充足，亮度较高的颜色占主要地位，影像柔和，常用于轻松、愉快、温馨、浪漫的故事；低调照明光线相对较少，亮度较低的颜色占主要地位，画面阴影浓重，影像暗淡，多用于恐怖片、悬疑片；中间调则比较平和、自然，适合表现日常生活。

在视听语言中，我们可以从三个方面对光的运用进行分类，即光线的来源、光线的投射方向和光线的造型作用。

（一）按光线的来源分类

按光线的来源不同，影视用光可以分为自然光和人工光两大类。

1. 自然光

天然发光的光源称为自然光。从摄影的角度讲，可利用的自然光主要是太阳光、月光和天光，太阳是主要发光的光源。太阳光除了直接照射到地球上外，一部分光被大气层吸收，透过大气层再照射到地面，这种光称为天光。此外，在阳光照射下，建筑物、墙壁等的反射光也都属于自然光。自然光的优点是亮度强、照明范围广而均匀，给人平和、客观、自然的感受，常常在纪录片和部分剧情片中出现。但是，自然光的强弱随季节、时间、气候、地理条件的变化而变化，其照度、角度、色温等往往不以创作者的主观意志为转移。

2. 人工光

一切人造的发光光源均为人工光。影视摄影中常用的灯光有白炽灯、碳弧灯、碘钨灯、卤钨灯等。人工光发光强度低、照度范围小，但是它的亮度、照射角度、方向和色温等完全可以通过人工控制和调节。运用人工光可以创造丰富的画面影调、塑造人物形象、打造不同的光线效果,并且不受季节、时间、气候、地理条件的限制。创作者可以按照艺术构想从容地利用人工光进行创作。大多数剧情片都会用人工光来塑造人物,烘托影片的气氛。

(二)按光线的投射方向分类

按照光线的投射方向不同,影视用光可分为正面光、前侧光、侧光、侧逆光和逆光五种;按照灯光所处垂直面的位置不同,可分为顶光、底光等。

1. 正面光

正面光也叫顺光,即灯光与摄影机在同一个水平面上,光线的投射方向和摄影机的拍摄方向相一致。正面光可以照亮被射对象的正面,有利于消除不必要的投影,能很好地还原被摄对象的面貌,但不利于表现立体感和纵深的空间感。

2. 前侧光

前侧光也被称为侧顺光、斜侧光,即光源的投射方向和摄影机的拍摄方向呈 45 度角左右的光线。前侧光使被摄对象具有较大的受光面和较小的背光面,能产生明暗过渡的影调层次,既能看到物体的全貌,又能展现一定的纵深空间,有利于表现物体的立体感、质感和结构。因此,前侧光被大量使用在剧情片的拍摄中。

3. 侧光

侧光即光源的投射方向与摄影机的拍摄方向呈 90 度角左右的光线。在侧光照明下,被摄体受光面和背光面各占一半,投影在一侧。虽然看不清物体全貌,但其亮面、次亮面、暗面、次暗面和明暗交界线等五种影调的成分都很显著,画面的立体感较强。侧光往往用来拍摄某些特殊效果,制造特定的光线气氛。如在一些戏剧性的场景中,侧光可以让人物的半张脸隐藏在阴影内,充满神秘、危险和不确定感,增强人物的矛盾冲突性。

4. 侧逆光

侧逆光也称为后侧光，即光源的投射方向和摄影机的拍摄方向呈 135 度角左右的光线。使用侧逆光时，被摄体大部分背向光源，受光面呈现为一个较小的亮斑。侧逆光可以打亮被摄对象的轮廓形态使之与背景分离，具有很好的造型效果，带来丰富的画面张力。在表现人物时，侧逆光一般需要与正面辅助光配合使用。

5. 逆光

逆光即光源的投射方向和摄影机的拍摄方向呈 180 度角左右的光线。物体在逆光条件下会缺少立体感和质感，但轮廓形态较为鲜明。在造型中，逆光能使主体从背景中分离出来，产生强烈的明暗反差，加强画面空间感。逆光加上正面辅助的散射光照明，可以产生剪影效果，能够减少画面干扰信息，突出肢体动作形态或优美的外部轮廓。

当逆光的角度较高且背景较暗时，可以形成轮廓光。轮廓光可以强化人物形象，增加画面的美感，或展现被摄体毛茸茸的外表结构。

6. 顶光

顶光即从被摄对象上方投来的光线。使用顶光拍摄人物时，头顶、眉弓骨、鼻梁、腭骨、上颧骨等部分被照亮，而眼窝、鼻下、两颊处等较暗，眼窝下陷，颧骨突出，容易丑化人物，产生恐怖感。使用这种光线多半是为了表现特定的光效，或制造特定气氛。

7. 底光

底光即从被摄对象下方投来的光线。底光的光影结构与顶光相反，能使被摄体形成非正常效果，同样属于反常光线，可以丑化人物形象。在自然光效法则中，底光用于表现特定的光效，如油灯、炉火、烛光等，或用于渲染恐怖、惊险等特殊气氛。

拍摄人物时，用反光板增加底光进行面部补光，可以产生明亮柔和的效果,增加画面的表现力。

(三)按光线的造型作用分类

按照光线的造型作用不同,影视用光可分为主光、辅光、环境光、修饰光、效果光、轮廓光等。

1. 主光

主光即在被摄对象的造型形象中起主要作用的光线。主光是塑造环境和刻画人物的主要光线,一般以直射光从顺、侧位照射居多,因为这样的光线如同太阳、灯光等光源在人的上方一样,在生活中较常见,能表现被摄对象的形态、轮廓和质感。主光必须有光源依据,例如,模拟室内的灯光或烛光等,它们是直接来自环境中的主要光源。在室外拍摄,一般是以阳光做主光,除拍摄夜景、黄昏、黎明等效果外,拍摄外景很少用人工光做主光。

2. 辅光

辅光也叫辅助光,即对主光起辅助作用的光线。它往往是补充未被主光照到的背光面的光线,以提高被摄对象阴影部分的亮度。它决定了景物阴影部分的质感和层次,与主光共同配合塑造人物形象。辅光一般采用散射光照明,不在物体上形成影子。

3. 环境光

环境光即照明主体所处环境的光线,包括背景、前景和周围大型陈设的照明。环境光是影片光效的主要体现部分,它是决定影片基调、画面影调、色调和环境气氛的重要因素。环境光的运用应该注意明确交代地理时间(昼、夜)、气候(阴、晴)和特定的气氛,合理利用环境光可以创造典型环境。

4. 修饰光

修饰光也称装饰光,是对被摄对象某些局部细节进行加工和润色,使人物造型、影调层次、色彩更加完美的光线。修饰光可以对眼神、头发、面部、服装、道具等进行局部修饰，提高画面的亮度差，丰富影调层次，增强造型形象的艺术表现力。

5. 效果光

效果光即能够形成某种特殊光效的光线。效果光可以进一步分为某些光源的效果光和情绪气氛的效果光，如烛光、台灯光、手电光、闪电光等。效果光也指自然界特定时空中的光线效果：特定时间的光效，如夜景、日出、日落、黄昏等；特定空间的光效，如昏暗的山洞、阴暗的牢房等。

6. 轮廓光

轮廓光即勾勒被摄对象轮廓的光线。从光线方向上来说，轮廓光一般分为逆光和侧逆光。轮廓光可以勾勒出人物的轮廓，使得人像画面意境优美，人物和背景分离，突出被摄主体，让画面更具纵深感和立体感。

六、蒙太奇

蒙太奇，即法语“montage”的音译，原为建筑术语，意为“构成、装配”，最早作为电影术语指“组接、构成”。蒙太奇指通过对镜头进行有目的、有逻辑的组接，在其间建立联系，从而产生丰富意义的创作手法。在影片中，蒙太奇可以建立时空关系，可以进行叙事，也可以通过镜头形式或内容的对立统一来抒情、表意。

蒙太奇的使用可以追溯到20世纪一二十年代，美国导演格里菲斯最早有意识地把镜头作为基本叙事单位，再将镜头组成场面，进而组成段落、全片，流畅地展现事件。格里菲斯还发现，组接不同时空的镜头可以创造出全新的影像时空关系。这时，蒙太奇的作用已经超出“组接”，获得了推动叙事、产生节奏、制造气氛等能力，初步具备了美学上的价值和意义。而把蒙太奇的地位提升到电影核心的高度并赋予其美学品格的，则是以爱森斯坦、库里肖夫、普多夫金为代表的一批苏联电影工作者。苏联蒙太奇学派在实践和理论两个方面都多有建树。爱森斯坦认为,镜头组接产生的意义要大于原来孤立的镜头之和,这是蒙太奇的关键。进而,蒙太奇的作用也不仅限于叙事和渲染情绪,更获得了一种表达哲理思考的可能。

(一)叙事蒙太奇

叙事蒙太奇是最为常见的一种蒙太奇,它的主要作用是叙述故事,表现情节发展。叙事蒙太奇可以分为线性蒙太奇、平行蒙太奇和交叉蒙太奇三类。

1. 线性蒙太奇

线性蒙太奇指按照事件的逻辑顺序,沿着单一的情节线索连续叙事,逐步展现事件发展的过程。这种方式朴实自然、流畅连贯,但由于时空场景较为固定,有时会让观众产生拖沓乏味之感。

2. 平行蒙太奇

平行蒙太奇指两条或两条以上不同时间或空间的情节线索并列出现,分别叙述,而最终又统一于同一主题。例如,纪录片《无去来处》就运用了平行蒙太奇的方式,将福岛和切尔诺贝利等地的画面进行平行组接,展现了身处不同地方的老人、儿童饱经灾难的脸和他们在废墟中艰苦的生活,让人们感受到世界在核灾难之下变得伤痕累累、触目惊心,警示人类在发展的同时要注重环保,否则毁灭的将是我们人类自身。

3. 交叉蒙太奇

交叉蒙太奇又称交替蒙太奇,指的是同一时间内的若干条线索齐头并进,它们之间有密切的因果关系,相互推进,频繁交替,最终汇合在一起。在格里菲斯的经典之作《党同伐异》中,有一个著名的“最后一分钟营救”片段:妻子为了营救无辜的、即将被处死的丈夫,乘坐汽车去追赶火车上的州长,请求州长签署丈夫的赦免令。这里就运用了交叉蒙太奇的方式进行剪辑:飞驰的火车、紧追不舍的汽车、忏悔的丈夫,继续飞速前行的火车、依然追赶的汽车、被带上绞刑台的丈夫,终于追上了火车的妻子、被套上头套绞索的丈夫,拿到赦免令的妻子、被营救下来的丈夫……导演利用交叉蒙太奇,将这些画面交叉组合起来,加上背景音乐的烘托,使这个营救故事惊险而又刺激,观众的心情随着妻子能否救下丈夫的疑问而起起落落。

(二)表现蒙太奇

表现蒙太奇指以镜头对列为基础,通过相连或相叠镜头在内容或形式上的相互对照冲击,产生单个镜头不具有的丰富含义,以表现某种情感、心理或思想。表现蒙太奇包括对比蒙太奇、隐喻蒙太奇、心理蒙太奇、积累蒙太奇和重复蒙太奇等。

1. 对比蒙太奇

对比蒙太奇指通过镜头、场面或段落之间在内容或形式上的强烈对比,产生互相冲突而又互相强化的效果。化妆品、日用品、体育用品的广告往往会使用对比蒙太奇,以突出产品使用前后的对比效果。此外,在喜剧片中,对比蒙太奇的使用也非常频繁。例如,电影《少林足球》将功夫与足球完美地融合在一起,创造了香港电影史上的票房纪录。影片中有一场戏是周星驰扮演的五师兄带着阿梅到商场参观,借此机会向阿梅表示感谢。阿梅向五师兄倾诉自己很不自信,五师兄便鼓励阿梅说她很漂亮,顺势将阿梅的头发掀起,一直夸赞阿梅好看。但映入观众眼帘的阿梅长满青春痘、皮肤暗沉、两眼无神,周围还飞来几只苍蝇,这一前一后的对比蒙太奇大大增强了戏剧效果,将小人物的悲喜体现得淋漓尽致。

2. 隐喻蒙太奇

隐喻蒙太奇指通过镜头或场面的对列引导观众进行类比,含蓄而形象地表达某种寓意或人物的某种情绪。例如,普多夫金在影片《母亲》中将工人游行示威的镜头与春天冰河解冻的镜头组接在一起,比喻革命运动势不可当。

3. 心理蒙太奇

心理蒙太奇指通过镜头组接或声画组合展示人物的内在精神世界以及心理活动主观化的外部世界。例如，在电影《天使爱美丽》中，艾米丽约男主角尼诺在咖啡店见面，在尼诺迟到的几分钟里，艾米丽陷入幻想。此时画面切换为黑白纪录片，场面十分混乱，还夹杂着战争画面，看起来十分诙谐幽默。她觉得尼诺可能遭遇绑架，身陷困境，然后恐怖事件一连串袭来，最终导致她的爱情破灭。在尼诺走后，艾米丽绷紧的神经一下放松了，化作一摊水洒在了地上。心理蒙太奇充分把主人公的内心想法用具象的事物表现出来。

4. 积累蒙太奇

积累蒙太奇指将一系列性质相同或相近的镜头连接在一起，通过视觉的积累效果，起到强调作用。例如，在电影《辛德勒的名单》的开头，为了塑造辛德勒的形象，导演先是拍摄了一系列的特写，如领带、西装、钱、手表等，再拍摄了辛德勒的面部。这种积累蒙太奇的使用，使影片在开头就将辛德勒塑造成一个上流社会的富豪形象，并且设置了悬念，使观众好奇这个富豪的相貌。

5. 重复蒙太奇

重复蒙太奇指相同镜头的相加，让某一镜头重复出现。它相当于文学中的复述方式或重复手法。在这种蒙太奇结构中，具有一定寓意的镜头在关键时刻反复出现，以达到刻画人物、深化主题的目的。例如，在电影《罗拉快跑》三段式结构中，每一段都以电话的落下开始，这里导演运用重复的画面作为情节分隔，推动了情节发展，使影片结构更为完整；在电影《这个杀手不太冷》中，兰花和牛奶的反复出现也是重复蒙太奇，它们的每一次出现都有不同的意义。

（三）理性蒙太奇

理性蒙太奇指通过在画面之间建立关系来传达特定的思想，从而引发观众的理性判断与思考。理性蒙太奇又可以分为杂耍蒙太奇和思想蒙太奇。

1. 杂耍蒙太奇

杂耍蒙太奇是爱森斯坦于20世纪20年代初在戏剧与电影创作实践中采用并在理论上提出的一种蒙太奇,意思是选择具有强烈感染力的手段组接镜头,比如提高剪辑率、缩短单个镜头的时长等,来影响观众的情绪,使观众接受作者的思想结论。观众在爱森斯坦的《战舰波将金号》中“敖德萨阶梯”一段,就可以清晰地看到杂耍蒙太奇的效果。

2. 思想蒙太奇

思想蒙太奇是由维尔托夫创造的,方法是将新闻影片中的文献资料重新编排以表达某种思想。罗姆导演的《普通法西斯》就是思想蒙太奇的经典之作。

七、长镜头

长镜头一般指在影片中持续时间较长的镜头,多在30秒到10分钟之间,其时长基本等于展开事件的实际时长,能较完整地记录所摄对象的全过程。长镜头排除切换,不经剪辑,一个长镜头往往包含了一个场景甚至段落。由于它可以保持所摄对象时间和空间的连续性和完整性,因此给人以真实、可信和连贯的感觉。

从电影史上看,长镜头是电影最早也是最原始的存在状态,但当时只是一种不自觉的使用。随着电影技术的不断成熟,蒙太奇逐步取代了长镜头成为电影创作的核心理念。“二战”后,电影技术和电影美学观念的发展变化使得长镜头获得了新的价值。后来,经过意大利新现实主义和法国新浪潮电影运动的实践,长镜头的运用臻于成熟。如今,长镜头被广泛用于各种视听作品的创作中。

长镜头理论是作为蒙太奇理论的对立面出现的,是对蒙太奇理论和实践过度发展的一次反思和矫正。20 世纪 50 年代,安德烈 · 巴赞认为,蒙太奇是一种文学化的电影手段,其对时空的拼接和创造限制了观众的感知,违背了电影的本性,是反电影的。而长镜头则推动了长期停滞的电影美学的发展,促使电影走向更为现代化的阶段。但是,长镜头理论在发展过程中也出现过一些偏离,它过分强调电影的纪实性,无法弥合电影与现实之间的根本界限,而且过分排斥蒙太奇的做法也比较狭隘。因此,我们一般认为,长镜头和蒙太奇并没有绝对的优劣之分,它们都是当今视听语言的重要组成部分。

纪录片《非洲 ABC》是一部考察非洲儿童生存与社会状况的纪录片。应联合国农业发展基金会的请求,伊朗著名导演阿巴斯与他的助手一同前往乌干达首都坎帕拉拍摄纪录片。在 10 天的时间里,阿巴斯的摄影机捕捉到 1000 个小孤儿的面孔。他回到伊朗后,把这些素材进行整理,制作了这部纪录片。影片记录下哭声与笑声、音乐与宁静、生命与死亡,证明虽然非洲人经历了众多苦难,但是仍能满怀希望地生活。

片中有一个长达 7 分 45 秒的长镜头:在村庄突然停电的情况下,导演没有关闭摄影机,而是选择一直开机拍摄,画面里很长时间只有拍摄者和村民之间的对话声,以及外面的雷鸣声,除此之外一片漆黑。当拍摄者和村民们开始举着手电行走的时候,画面中也只有手电光一扫而过的影像和闪电划破天空时隐约出现的摇晃的树枝。仅凭这个长镜头捕捉的影像是无法建构出创作者身边的环境的,乌干达坎帕拉村旅社的环境有多恶劣只能靠观众自己想象。此时,间接的想象反而比直观的画面更能体现非洲的贫瘠。

一个令人印象深刻的画面是,当地村民点燃一根火柴,借助火柴微光上楼梯的时候,镜头一直跟随着唯一的光亮物——被火柴照亮的当地村民的一只手。这只布满了褶皱、粗大黝黑的手,就是对当地艰苦生活条件最有力的佐证。观众通过它,就能想象出当地人平时做的苦活有多累、生活条件有多差。漆黑的画面加深了影片的现场真实感，也持续要求观众用想象来填补画面。原生态的贫瘠非洲断电以后的生活，通过这个长镜头完整且真实地展示出来。

第二节　声音语言 >>>

声音是影片的重要组成部分，声音在视听语言中可以分为人声、音乐和音响三部分。

一、人声

视听语言中的人声分为对话、旁白和独白三种。

（一）对话

对话在剧情片、纪录片中都有非常重要的作用。首先，对话在故事中有重要的叙事功能，可以直接或间接地推动情节的发展；其次，对话可以表现人物性格特点，塑造人物形象；最后，对话还可以调节影片的叙事节奏。

纪录片《生门》中有大量的医生与患者之间的对话、患者家属之间的对话，这些对话能够展现人物的性格，如医生的温暖负责、患者的乐观坚强。同时对话也能够反映深层的社会现实，如在决定李双双腹中那个可能出现先天残疾的孩子的生死时，她的丈夫和公公的讨论真实地反映了人们对生命的不同态度和在现实面前深深的无奈。

（二）旁白

旁白是画面之外的人声，对影片的故事情节、人物心理、人物身份加以叙述、表达和议论。在叙事角度上，旁白是一种介入性语言，在纪录片中常常以解说词的形式出现。

旁白在剧情片和纪录片中，都可以发挥巨大作用。旁白可以用来介绍故事背景，特别是在历史、人文纪录片中使用较多。例如，《大国崛起》《舌尖上的中国》等纪录片，都使用了大量旁白来串联故事。旁白还可以扮演叙述者的角色，引导观众进行评判。在人称使用上，旁白多使用第三人称，也有使用第一人称的。很多剧情片的开头都会用旁白对主人公、主要事件进行介绍。例如，电影《天使爱美丽》开头就使用旁白对艾米丽的出生进行了介绍。此外，旁白还可以表达人物心理、转换时空。

（三）独白

独白即人物把自己的心理主观感受和想法，以声音的形式直接表现出来。独白分为画内独白和画外独白两种形式。画内独白指该人物在画面中发出的声音，人物有与独白相应的口型变化；画外独白则是画面中只有人物的表情和行动，没有相应的口型变化。

独白与旁白的区别在于：独白是第一人称叙事，且不管是画内独白还是画外独白，独白者总是处于画面内；旁白则以第三人称叙事为主，少数旁白也会使用第一人称，但旁白者往往不在画面内。更进一步说，独白更多的是影视作品中人物内心活动的外化，可以看作人物同“自己”说话；而第一人称旁白，则是一种借用第一人视角进行叙述的技巧，目的是让观众更有代入感，其本质上是解说词。总体来说，独白和第一人称旁白比第三人称旁白更具有亲切感。

例如，电影《你好，李焕英》对独白的运用让观众与主角贾晓玲产生心理上的亲近感，同时也有效地让观众带入了子女的角色。影片开头“打我有记忆起，我妈就是一个中年妇女的样子”的独白，给观众带来思考——自己的母亲也如李焕英一样，在孩子成长的过程中不停操劳，从青丝熬成了白发，进而引发强烈的情感共鸣，同时激发观众继续观看后面关于“母亲的少女时代”的故事的热情。

二、音乐

影视音乐泛指影片中使用的一切音乐和歌曲。影视音乐主要分为客观音乐和主观音乐两类。

（一）客观音乐

客观音乐指画面中有声音来源的音乐，比如街头卖艺者演奏的二胡曲、跳广场舞的大妈播放的舞曲、片中人物的歌声等。在纪录片《尺八・一声一世》中，悠扬婉转的尺八乐曲在夕阳下响起，画面充满抒情性，让人们直观地感受到尺八的魅力和其背后的人文情怀。

（二）主观音乐

主观音乐是画面上没有声音来源的音乐，一般是视频制作者在后期加工时添加的音乐，可以简单理解为配乐。由于这种配乐完全由视频制作人员主观创作或甄选，因此往往代表了创作者的观点和情感。合理地使用音乐，可以调节叙事节奏。制作者在后期制作时可以参照音乐的拍子、段落、节奏进行镜头组接和镜头速度的调整。很多风光片和城市宣传片都会用音乐调整镜头的节奏，使整个影片更具动感，例如在《永远的上海》《土耳其瞭望塔》等展现人文风光的短片中，由于人声语言的缺失，音乐往往格外重要。

此外，合理使用音乐，还可以表现人物的心境，营造作品意境，起到烘托氛围的作用。例如，在陈凯歌导演的电影《霸王别姬》中出现的主要乐器包括箫、京胡以及锣鼓。京胡是京剧的主奏乐器，与电影题材非常契合，弦乐则低沉悲哀，它们在演奏中都发出悲凉的乐音。当乐音与画面融合时，一种无比悲凉的氛围就自然产生了，在这种气氛的渲染中，观众更能体会到影片营造的悲情意境。

三、音响

除了人声、音乐之外，影片中的其他声音都被称为音响。音响通常分为自然音响、动作音响、机械音响和特殊音响四种类型。

（一）自然音响

自然音响包括鸟鸣、水流、风声、雨声等。通过这种音响，观众可以对故事发生的环境作出判断。

（二）动作音响

动作音响包括走路声、敲门声等，可以交代人物的行为动作。动作音响的呈现，常常与景别有一定关联。景别越大，人和物发出的声音越能吸引观众的注意，所以影片常用近景或特写与动作音响相配合。

（三）机械音响

机械音响即由机械设备的运行而发出的声音，如火车声、钟表声等。

（四）特殊音响

特殊音响指经过特殊处理的非自然音响。比如，动画电影中的怪物嘶吼声等。

合理运用以上音响类型，可以营造真实环境，增加画面的信息量。美食视频中的咀嚼声可以表现食物的 Q 弹脆爽，烤肉的油滋声能让肉看起来更加美味诱人。例如，纪录片《人生一串》中食客咀嚼的爽脆声、烤串流油的滋滋声，就充分体现了食物的香脆诱人。

此外，音响还可以揭示人物身份，比如使用耳鸣声可以表示被摄对象是一位听障人士等。不仅如此，音响也可以推动情节发展。比如纪录片《生门》中病房里机器急促的滴滴声表示病人生命垂危、医生马上要赶来抢救，这种音效的使用增加了纪录片的真实感。

第三节 声画关系 >>>

在创作中我们应该合理利用画面语言和声音语言，主动吸收、借鉴以往影视作品中的有益经验，但许多初学者往往会更偏向于画面的设计，而忽视声音的设计，这是非常不可取的。声音和画面应该相辅相成，甚至是相反相成的（如声画对位）。下面我们将从形式层面和内涵层面对声画关系进行介绍。

一、形式层面

（一）声画合一

形式层面的声画合一又称声画同步，指声音来源位于画面之中，观众听到声音信息的同时也可以看见声源的影像信息。最早的有声片采用的就是声画合一的方式，说话者、演唱者音容同在，非常便于观众的信息接收。如今的大多数新闻片和纪录片，都会采用声画合一的形式，使影片更加具有真实性。

（二）声画分离

声画分离又称声画分立，指声音来自镜头画面之外，即以“画外音”的方式出现。观众在这个镜头里听到的声音信息并非来自看到的影像信息，这时，观众只有对两种信息进行加工才能够正确地接收信息。声画分离可以有效发挥声音的主观化作用,表现作品中人物的思念或回忆,也可以将声音衔接画面,发挥转换时空的作用。

二、内涵层面

(一)声画合一

内涵层面的声画合一指镜头中声音负载的信息和画面呈现的信息在内容上和情绪上是一致的。由于观影时声音和画面占据了观众的视听感觉器官,声画共同作用,可以使观众在心理上更快地接受画面内涵,情感上也更容易产生认同。

(二)声画对位

声画对位指镜头中声音负载的信息同画面呈现的信息在内容上或情绪上不一致,甚至相反。在整部作品中,声画对位的部分只占很小的比例,但是往往能产生强烈的戏剧冲突,具有暗示、讽刺、隐喻的表现效果。两种信息情绪基调的背离,会给观众造成很大的心理落差,在一定程度上有可能对观众的理解造成障碍,观众必须发挥自己的理性思考能力才能了解创作者的意图,但是一旦解决了理解障碍,观众在情绪上受的冲击反而更大,从而获得更强烈的审美快感。

例如,在电影《太阳照常升起》中,小梁死亡的画面配的却是欢声笑语、吉他伴奏和悠扬的歌声,暗示他的死亡与其说是悲伤的,倒不如说是一种在多重命运压迫下的解脱,具有很强的冲击力、表现力和隐喻效果。

第三章

解说词的功能与作用

解说词作为纪录片声音要素的重要组成部分，是一种以影像为基础，遵循纪录片的真实性和艺术性特点的文学创作，对于画面、背景与环境的诠释、主题与内涵的升华、情感与思想的表达、意境与氛围的渲染等起到不可替代的作用。在纪录片的创作中，解说词呈现出独特的创作规律和语言表达。因此，解说词能够帮助影像完成叙事，使观众准确领会创作者的表达意图，最终使纪录片走向艺术创作上的成功。本章从解说词的功能、解说词与画面的关系、解说词的作用三个角度出发，分析解说词在纪录片中扮演的重要角色，并为纪录片的解说词创作提供一些具有实践价值的方法和策略。

第一节　解说词的功能 >>>

一、宏观：奠定影片基调，提炼勘定主题

解说词是对画面的一种介绍和解释。在纪录片中，解说词不仅可以起到补充说明的作用，还可以加深观众的理解，体现导演和编剧的思想，奠定

影片特有的基调，深化主题，引发思考。此外，解说词能够聚焦、递进和提炼画面的本质内容，将作者态度投入作品之中，因此作品中解说词出现的部分往往有作者意念的体现。比如许多纪录片作品在开头就给观众留下了极为深刻的印象，交代影片主题，从而奠定全片基调。

纪录片《英雄之城》(图 3-1)片头的解说词是奠定全片基调的代表："很多年后，当人们回望抗击新冠肺炎疫情这场战'疫'，一定会想起 2020 年初武汉关闭离汉通道那个遥远的日子。随着关闭而开启的不是魔幻现实主义的剧情，而是一场疫情防控的人民战争。武汉，是这场战争的'风暴之眼'。"这段解说词配以大时钟特写和运动镜头画面，色调温暖，体现了时间缓缓流逝之感，引起受众回忆。同时，对"武汉"一词的重复也强调了重点，辅以画面信息，逻辑重点突出。解说词将部分细节放大以展现主题，使重要的信息和有意义的细节在纪录片中发挥提示作用。

图 3-1　纪录片《英雄之城》

《一水激活万水流》(图 3-2)系列纪录片以《水道》《再生》《守望》作为分集标题，以"河湖连通"重大生态水利工程为主题，表现其不仅是水利工程，也是地地道道的民生工程、"生态富民"工程。每集纪录片开头都用解说词对主题思想进行说明与提炼。第一集《水道》以"水之道，非常道"为关键词，以"一个缺水的水乡如何通过河湖连通得以转变？面对洪水与干旱，吉林西部出奇招"交代影片地点与核心问题，提炼出"水泽万物，以柔克刚，以水洗碱”的主题；第二集《再生》以“抗碱、抗旱、防沙对于西部人就是一场生死保卫战，河湖连通，连出稻田、湖泊、湿地、草原的再生”的解说词表现出“河湖连通”工程的重要性——进一步丰富蓄水量，改善和恢复湿地面积，维护生态文明建设，拓宽当地的生态农业发展；第三集《守望》以“守卫传统、守护自然、追逐幸福、面对未来、充满希望”奠定影片绿色发展的基调，展现了人们建设生态文明发展之路的决心，寄托着吉林西部“水至绿来、一通百通”的瑰丽梦想。

图 3-2 纪录片《一水激活万水流》

纪录片《中国减贫密码》(图 3-3)记录了中国脱贫攻坚的历程与成就，向观众呈现出一场精彩绝伦的视觉盛宴。它的片头用一句话点明全片主题——“贫困，是困扰世界千年的难题”，又用一句话概括了我国脱贫攻坚的历程：“2012 年，中国广袤土地上，还生活着近一亿贫困人口。八年时间，中国将这个数字清零。”解说词在开篇点出“贫困”这一关键词，以八年跨度为时间线，讲述了中国飞速发展、打好脱贫攻坚战、全面建成小康社会的历程。

图 3-3 纪录片《中国减贫密码》

"这是来自中国的经验,也是来自世界的智慧"是对全片主题的烘托总结,体现出中国共产党对消除贫困、改善民生、逐步实现共同富裕的庄严承诺。

同题材纪录片《一亿人的脱贫故事》(图3-4),以"脱贫"为切入点,讨论我国脱贫攻坚对人民生活的影响。在第一集《百年使命》的片头有这样一段解说词:"一部人类史,就是一部不断摆脱贫困,实现自我解放与发展的历史。经过八年持续奋斗,中国如期完成了新时代脱贫攻坚目标任务,现行标准下农村贫困人口全部脱贫,贫困县全部摘帽,消除了绝对贫困和区域性整体贫困,近一亿贫困人口实现脱贫,是中国发展史上的里程碑式成就,也是世界减贫史上的伟大奇迹。奇迹源于中国共产党对亿万人民的使命与承诺。"这段解说词充分体现出中国共产党是为人民服务的党,根基在人民,血脉在人民,始终坚持为中国人民谋幸福、为中华民族谋复兴,矢志不渝为消除贫困、改善民生、实现共同富裕而不懈奋斗。

图3-4　纪录片《一亿人的脱贫故事》

每部纪录片都包含不同的主题。解说词在纪录片中的功能体现在透过画面展现的现实形象,深入事物的核心,反映事物的本质和规律,挖掘和提炼画面内涵,阐述更为深刻的主题和思想。解说词能够很好地体现出作者对主题的提炼与勘定。在提炼主题的过程中,我们需要借助思维的力量,以日常生活为基础,在影像作品重点呈现的部分强化主题与结构特点。

二、中观:整合篇章布局,形成叙事结构

纪录片中的解说词是重要的叙事符号之一,往往与画面、声音相互结合,帮助纪录片完成叙事,明确创作者想要表达的主题,使纪录片完成艺术表达。因此,解说词具有整合与叙事的功能。纪录片在逻辑结构形成的过程中,需要通过语言加以组织,整合篇章布局,形成逻辑结构。

纪录片《"一带一路"上的智者》(图 3-5)讲述了 14 位学者投身"一带一路"研究并取得重要成果的故事。该片将解说词和其他视听语言巧妙融合,最终促成了纪录片整体叙事的成功。例如第三集介绍了来自希腊、土耳其、泰国和巴西四个国家的学者。其中,欧盟—中国项目负责人乔治在看到中国提出"一带一路"倡议后,意识到该倡议对希腊乃至世界的经济复苏都具有重要意义。解说词讲述他通过撰写"一带一路"著作、开办网站,搜集信息,传递希腊学者对中国的看法。这段解说词简述了希腊渡过经济危机的过程,展现了"一带一路"倡议的魅力。土耳其马尔马拉基金会主席苏威尔作为欧亚经济峰会的发起人,希望借助"一带一路"倡议,重拾欧亚经济峰会的凝聚力。解说词"2013 年,中国提出'一带一路'倡议,其和平合作、开放包容、互学互鉴、互利共赢的理念得到了苏威尔的强烈认同"起到了整合叙事、承上启下的作用。这句话既是对前文"一带一路"主题理念的总结,也承接下文,引出苏威尔的个人自述,与同期声巧妙地衔接配合,将解说词之外的画面声音要素运用到极致,清晰表达了主题,大大丰富了纪录片的创作。"从那以后,苏威尔就想将'一带一路'倡议作为欧亚经济峰会的主题,在马尔马拉基金会的各种活动上,他不断向各国友人推荐'一带一路'倡议。"如果没有这句解说词的搭配运用,或许我们根本无从得知苏威尔的态度以及线下活动的情景。

图 3-5　纪录片《"一带一路"上的智者》

同时,解说词能够体现纪录片的美学价值,观众在影片中获得的审美体验有一部分是由解说词带来的。在某种意义上,审美价值提升了观众对纪录片的接受程度。创作者以心灵映射传递审美表达,使主观情感与客观情境相融合,通过影像画面唤起主体的审美体验,使观众体会到影像美感。纪录片《太空的见证》开篇从太空观望地球的形态,画面是在俯视视角下的全景,最后聚焦于青藏高原地形之上,使观众一览青藏高原的地势全貌。解说词"青藏高原及边缘地带,中国深度贫困的'三区三州'主要分布于此"交代了故事背景,让观众迅速定位地理坐标,使叙事空间跟随镜头得以延伸。接下来,对于我国"三区三州"的介绍就顺理成章地出现在画面中,让叙事更为直观立体。"跨越西藏、新疆、青海、四川、云南、甘肃六个省区,东西横跨约 2600 公里,南北绵延约 1900 公里,这是中国脱贫攻坚的决战之地。生态环境脆弱,自然灾害频发,贫困人口集中,被习近平总书记称为'短板中的短板''硬仗中的硬仗'。"

该片有许多经过精心设计的镜头语言,以大全景、俯视角度带领观众一览祖国大好河山,用推、拉、摇、移的运动镜头,让观众犹如身临其境,从而展开中国共产党带领人民攻克深度贫困堡垒的故事,烘托全片主题。该片从太空的地球视角出发,不断拉近景别,延伸画面空间,以营造出独特的意境。最后解说词总结主题时,镜头又拉回到最初的地球画面,首尾呼应,意境高远。此外,解说词用数据交代了我国六个省区的地理面积,也直观地阐述了保护生态环境的必要性和重要性。该片真实且富有生命力,解说词精准地把握了全片的叙事节奏,令观众在观看的同时能够更好地理解影片的内涵。

三、微观：承接过渡内容，引导受众理解

解说词有过渡、承接、转场、递进的功能，可以缩短时间进程，转移时间空间。在视听元素的衔接中、在场景与场景的交替中，语言文字可以成为勾连影像画面的桥梁，保证节目的完整性。画面中如果缺少描述性的文字，就会出现表述不清、衔接突然、缺少信息等问题，影响整部纪录片的质量。在这种情况下，使用适当的解说词，可以有效地承接前后画面，补充叙事信息，让观众由具象进入抽象的理念思考阶段。

解说词可以完成段落的承接与递进，弥补拍摄中影像段落之间的空隙，压缩并形成独特的时空造型，获得流畅的影像表意。例如在"国家相册"贺岁片《风雨百年味》（图3-6）中，一位老人自述道："我这一生，吃过一个最甜的苹果，也是一个最苦的苹果，上甘岭战役前后打了43天。"引出了上甘岭战役的回忆画面和解说："1952年上甘岭战役，影响抗美援朝战争全局的关键一役。密集的轰炸，竟将山头削低了两米。仗打得太苦了，物资送不上来，前线缺水断粮。一天，一位火线运输员把一个苹果带进坑道，塞到张计发手里。"在此片段中，历史与现代穿插叙事，历史呈现为黑白画面，现代呈现为彩色画面，将战争的苦难与如今的和平形成鲜明对比，解说词承担着承

图3-6　"国家相册"贺岁片《风雨百年味》

上启下的作用。观众看到的画面是战场中出现的一个苹果,苹果作为一个象征符号贯穿此部分叙事,并将内容按照逻辑顺序衔接起来。随后老人说道:“为了这一个苹果,说不定在半路上伤亡了人,牺牲了人,谁也舍不得咬一口。”解说词在这段影像中弥合了接缝,完成了两个场景的转换衔接。

第二节 解说词与画面的关系 >>>

在电视语言中,不同元素承担着不同的表意功能。电视语言面对的是一个立体的、相互交叉作用的语言环境。譬如,同一段画面配上不同的解说词,辅以不同的音乐,会产生不同的艺术效果,有时甚至会产生相反的意义。解说词与画面是一种相互依存、相互作用、相互加强的辩证关系,在功能上有很强的互补性。因此,创作者需要考虑解说词与画面在表意原理上的不同,谋求二者的有机结合,从而准确有效地表达创作意图。解说词与画面的关系主要体现在以下几个方面。

一、解说词要阐述画面

电视片以声画结合为主要表达方式,画面语言是其基本语言,也是最重要的语言。解说词作为一种听觉语言,对画面起支撑和解释的作用。在电视片中,解说词是一种非独立的存在,有一定的伴生性。解说词必须以画面为基础,与画面一起完成编导的创作意图。

系列纪录片《你的样子》(图 3-7)是一部大型政论片,在第二集《初心》中体现了中国共产党的初心和使命,这是中国共产党人的力量源泉,也是中国共产党执政的出发点和落脚点。画面呈现出将军左权写给妻子刘志兰的一封家书和夫妻二人的合影,解说词缓缓道出信件的内容,让观众了解信件里真实的信息。解说词配以字幕、背景音乐，为观众提供了视觉与听觉的双重享受，用真挚的文字表达出左权将军对家人深厚的情感，具有很强的感染力。在那血与火的岁月中，历经苦难的中华大地上汇聚起誓死卫国的滚滚洪流，革命者初心如炬，照亮后来人的路。

图 3-7　纪录片《你的样子》第二集

此外，系列纪录片《山河岁月》（图 3-8）中有一段讲述陈独秀在《甲寅》杂志上发表《爱国心与自觉心》的片段。画面以回忆的手法展现出中国近代的发展历程，解说词对陈独秀的个人经历做了简短陈述：“1944 年，35 岁的陈独秀因参与讨伐袁世凯的二次革命失败后流亡日本。这位前清秀才即将在这里遇到在早稻田大学政治系读书、比自己小 10 岁的李大钊。”这段是依

图 3-8　纪录片《山河岁月》

据影像画面进行的解读，画面中出现的陈独秀和李大钊的肖像暗示了二人之后的联系。“在文章中，这位经历了清末推翻帝制、民国成立、讨伐袁世凯等各种斗争的革命人物，探讨了什么是国、如何去爱。”这句描述性解说词正是对画面中文章内容的提炼与总结。

二、解说词要“贴”画面

在电视片中，如果出现影像画面与解说词内容不符的情况，就会令观众理解困难，产生排斥心理，进而失去观看兴趣。因此，在制作过程中，创作者必须充分考虑影像画面和解说词的一致性，了解画面的风格和主题，从而确定解说词的写作手法和修辞手法，通过恰当的解说词引起观众的兴趣。所谓“贴”画面，就是解说词和画面有机地联系，从画面说起，告诉观众画外的信息。“贴”画面主要表现在以下几个方面：

第一，画面为解说词提供特定的语境，在很大程度上决定了解说词的风格和结构。解说词在表达抽象的概念，如思想、道德、观念时，要从画面中的具体事物、看得见的事实出发，由具体逐步写到抽象，由画面中的内容逐步写到画面外的内容。第二，艺术讲求“虚实相生”，美术创作中也有“计白当黑”的说法。解说词的创作应适当“留白”，营造一种“呼吸感”，为观众关注和思考画面留下时间和空间，从而使观众更加深刻地理解画面的内涵。第三，运用解说词介绍背景资料或讲述过去与未来时，应寻找一个与画面相宜的契合点，使解说内容和画面内容形成有机的联系。

系列纪录片《你的样子》的第五集《情怀》(图 3-9)讲述了中国积极贡献智慧与力量，携手构建人类命运共同体的故事。中国在非常困难的情况下，先后选派技术人员前往非洲参与建设铁路，22 岁赴非的孙永福谈起当年的情景仍记忆犹新。解说词对于中国的铁路建设史有这样的描述：“在藤枝如网的原始森林，他们披荆斩棘，铲运筑路；在风雨交加的漫长雨季，他们打钻采石，下沉深井；在人迹罕至的崇山峻岭，他们躲避毒蛇猛兽，艰难前行。”此段解说词运用排比句式，朗朗上口，有极强的说服力，增强了内容的表达效果和气势。画面为解说词提供了特定语境，使其在环境背景下传达出建设的艰辛，让观众产生了深深的共鸣。

图 3-9　纪录片《你的样子》第五集

此外，解说词应适当“留白”，营造一种“呼吸感”。所谓“言有尽，意无穷”，文艺作品留下空白，往往能调动受众的想象力。给受众的联想空间越深邃宽广，作品就越有影响力。解说词为受众留下空白的同时，要特别注意之前的铺垫，一步步引导，一点点积累主题意义，让受众有相应的心理准备。只有花费精力做好“空白解说”的准备工作，引导受众的思维跟着解说走，到了“留白”处，才能让受众投入对解说的思考中。

纪录片《中国城墙故事》第一集（图 3-10）运用解说词介绍了明朝古城墙的建造背景。“朱元璋为建造南京城墙，在我国长江中下游 170 多个县市设置了上万座官窑，动用了上百万劳动力在各地烧造城砖。这些城砖通过

图 3-10　纪录片《中国城墙故事》第一集

长江中下游水系源源不断地运往南京,场面可谓十分壮观。”解说词的历史信息与画面内容相贴合,形成有机的联系,说明明朝是举行大规模工程建设的伟大时期。

三、解说词与画面相互结合

电视片的解说词主要是为了与画面进行配合而存在的。解说词离不开画面,但又不从属于画面。解说词或者挖掘画面的内涵,或者表达人物的情感,或者补充画面的背景,或者揭示人物的内心。解说词从画面出发,对画面进行说明和解释。解说词的创作,关键在于处理好解说与画面之间的辩证关系,既不能声画“两张皮”,也不能陷入“看图说话”式的简单重复。

(一)凸显画面的优势与特色

纪录片《奇食记》第一集(图 3-11)介绍了蘑菇的食用方法,在叙述见手青中毒的一段中,采用动画的形式进行了生动的呈现。“有的中毒者会看见闪烁漂浮的小人在眼前自由跳舞,甚至还能听到它们发出的声音。”画面添加摇晃的特效模拟人在中毒后出现的幻觉,动画形式新颖富有创意,凸显了画面的优势特色。

图 3-11　纪录片《奇食记》第一集

纪录片《一共分几步》(图3-12)将图解画面的形式运用得非常纯熟,每集都会插入制作流程步骤的图解,引导观众更好地理解。在第四集《电池的爆炸与发展》中,影片将电池的发展历程用图解动画的形式展示出来,极具趣味性。"随着科技的发展,电池蓄电量越来越高,但爆炸依然是人们对电池的心理阴影。直到1997年,75岁的古迪纳夫博士发明出了'足够好'的磷酸铁锂电池,这种能耐得住700摄氏度高温的电池成为汽车电池的可靠选择。"这段解说词对图解动画进行了阐述并凸显了画面的优势与特色。

图3-12　纪录片《一共分几步》

(二)提升解说词的编写技巧

要提升解说词的编写技巧,需要以生活化的语言来表现强烈的特征色彩,以形象生动的语言使观众在轻松愉快的心态下获得知识与启发。因此,编写解说词需要反复地揣摩、推敲,确保解说语言的准确性、合理性。在编写过程中,应当尽可能减少形容词和程度副词等的使用,尽可能使语言简练,减少空话和套话。解说词应当以画面提供的信息内容为基础,从整体构思出发,根据画面的内容进行写作。编写解说词时还要"瞻前顾后",选取适合的切入角度及形象载体,完成高度的概括,结合电视语言的整体结构,认真处理好解说词与其他电视语言(特别是与画面)的关系。此外,解说还应把握好言语尺度，留下回旋余地，不应当把话说“死”说“牢”，应该留有观众回味与联想的空间。

纪录片《中国城墙故事》第十五集（图 3-13）讲述了 1937 年侵华日军进攻南京，城墙作为军事防御设施为南京百姓抵挡了炮弹袭击，五万多名中国将士誓死抵抗、血洒战场的艰苦历程。如今每年的 12 月 13 日，南京全城警报声响起，所有人为南京大屠杀中的遇难者默哀一分钟。解说词是这样描述南京古城墙的：“走进古城墙，我似乎看到了一个迟暮之年的老人，为了保护怀中的子民历经血雨腥风。如今他迈入古稀之年，城市里的百姓悉心照料和保护着他，这是一种城与墙之间深深的情缘。城墙与城市如今完美融为一体，城墙已经成为城市的符号、记忆，甚至基因。”解说词中比喻修辞手法的使用恰当准确，形象地描述了城墙的历史。它作为世界上规模最大、保存原真性最好的古代城垣，以独特的建筑风格成为当地的特色，也成为历代南京人的记忆。跨越数个世纪仍屹立不倒的古城墙的每一块砖，都在向大众诉说着它的秘密。

图 3-13　纪录片《中国城墙故事》第十五集

在动物类纪录片《重返狼群》第一集（图 3-14）中，年幼的小狼格林在第一次见到活鸡后，就展露出优秀的捕猎本能。它迅速出击、捕杀、撕咬，吓坏了一旁的宠物狗。对于狼的天性，解说词是这样写的：“格林的基因里深刻地拷贝着一套狼族特有的生存密码，随着时间的推移，密码就会一个个自动激活，使它无师自通地、顽强地表现出生而为狼的本色，宠物狗无法与狼共舞。”解说词将狼的基因形容为“生存密码”，贴切而又生动。

图 3-14　纪录片《重返狼群》

第三节　解说词的作用 >>>

画面语言具有真实性与形象性，电视片固然要用画面传情达意，可如果完全没有解说词的配合，画面的逻辑内涵和感染力也会受到很大的影响。总体而言，解说词要服务于画面，对画面形成支撑，也就是人们常说的“为看而写”。具体来说，解说词主要有以下作用。

一、弥补画面，传递信息

画面能够把事物的运动状态和存在方式展示出来，让观众对事物有基本的感性认识。但观众仅有这些认识是不够的，还需要了解更广、更深、更清晰的内容。解说词作为电视片必不可少的一部分，能够对画面传达不充分、不准确、不清楚的地方给予说明和解释，能够对画面无法直接传达而又不可或缺的信息给予充分的补充说明，提高信息传递的精确度和明晰性。

在纪录片《太空的见证》（图 3-15）中，开头画面以俯拍全景移镜头的形式呈现。单看画面，观众无从知晓这是哪里，又有怎样的故事，此时解说词的适时出现补充了画面内容，向观众传递出准确信息，为观众描述了“世界上最艰险的公路”是怎样的：“短短 117 公里，穿越 6 个地质断裂带；400 多处地质灾害点，横穿雅鲁藏布江；几十米宽的江面，曾是生死险途。”若没有这段解说词，单凭画面观众无法理解其中的含义，也体会不到修建这条公路的艰险。

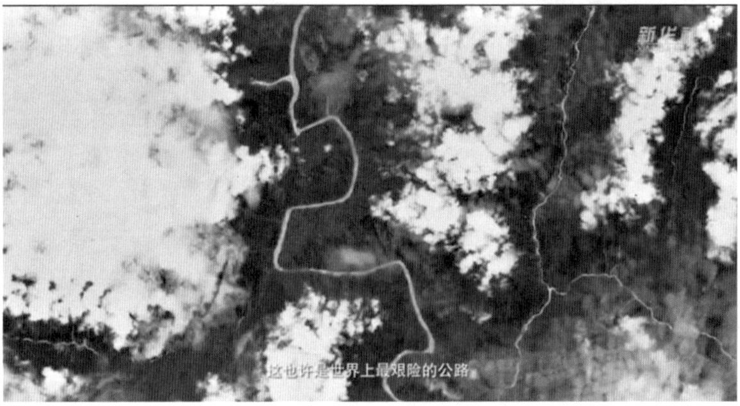

图 3-15　纪录片《太空的见证》

系列纪录片《智慧中国》第三季第二集（图 3-16）讲述的是新能源的开发与利用。“太阳每秒钟产生 400 个百万百万百万百万瓦特的能量，这就是我们所感受到的阳光，但是与传统的通过原子分裂来产生能量的核能不同，它是通过原子碰撞聚合来实现的。地球上的反应堆工作原理都类似，宇宙中最基本的原子、氢原子融合在一起形成氦，新氦原子的质量比两个氢原子的质量略小，于是产生了能量。”这段解说词依据画面解释了能源的产生，为观众普及了科学知识，并引出后续介绍的爱因斯坦质能方程式。

系列纪录片《一水激活万水流》第二集《再生》（图 3-17）介绍了吉林西北部的盐碱地情况。这里是世界三大苏打盐碱土分布区之一，画面展现了

图 3-16　纪录片《智慧中国》第三季第二集

中国东北地区著名的碱湖——大布苏湖。"大布苏系蒙古族语，意为盐碱。大布苏是天然碱湖，大布苏湖东岸位于高出水面 50 多米的台地上，却宛如湖底，纵横着几十条沟沟壑壑，各种奇特造型的土柱、土塔、土崖屹立其中。"这段解说词对大布苏湖的地理位置进行了介绍，观众由此能切实获得信息，也能理解大布苏湖的形成原理。

图 3-17　纪录片《一水激活万水流》第二集

可见，单纯的形象画面难以揭示形象背后深刻的时代背景，也难以传递内涵信息。即便是极具标志性的画面符号，观众如果没有相应的知识经验，依然无法领会其中的内涵。因此，解说词是十分必要的补充。

二、补充叙事，完善逻辑

在构成电视语言的各要素中，解说词具有转换自如、易于粘连、高度概括等特点，可以把彼此割裂的画面不留痕迹地连接起来，形成新的叙事逻辑。事物之间既有表面的、暂时的联系，也有内在的、深刻的联系。相较于画面的直观和简单，解说词的优势在于叙述和描写。纪录片解说词的叙述和描写不是简单地解释和说明画面，它更侧重于对画面含义进行延伸、扩充和挖掘，拾遗补漏。借助语言准确表达和抽象概括的能力，解说词可以对纪录片中的事件进行补充，完善全片叙事逻辑。

在叙事的过程中，影片画面会不断地切换，这时就需要过渡、转场、承接。景别、镜头运动、音乐、解说词等都可以作为过渡运用，其中，解说词作为过渡会比较灵活便利。因为画面的概括能力较弱，但语言具有高度的抽象概括能力，所以解说词可以运用极为精练的语言对前部分画面的信息内容进行概括，利用语言转换自如的特点引导观众进入下一段落的画面情景之中。如此既可以在一定程度上保留既有的形象感，又可以在语言上进行必要的提示与总结。画面的不同段落之间有时会缺少必要的时间、空间联系或事件的背景信息，造成事件与人物之间无法关联。要使全片结构严谨协调，段落转换的逻辑线索分明合理，就需要精心组织解说词，挖掘出其中的过渡因素，找到合适的衔接桥梁。

纪录片《英雄之城》（图 3-18）讲述的是 2020 年初抗击新冠肺炎疫情时，武汉人民团结一心、共同奋战的英雄故事。在讲述武汉关闭全部离汉通道时，解说词用“这是一个需要付出巨大勇气和牺牲的决定，也是新中国历史上防控难度最大的突发公共卫生事件”两句话高度概括封闭离汉通道的意义，是对事件发生的历史背景、时代背景和社会背景的补充，完善了信息逻辑，同时承上启下，引出后续段落。

图 3-18　纪录片《英雄之城》

纪录片《一水激活万水流》第三集《守望》(图 3-19)指出:“2009 年考古人员在乾安首次发现了辽代‘春捺钵’遗址群,填补了多年没有探明辽代‘捺钵’准确地点的空白。”解说词承接上文,补充叙事逻辑,向观众解释说明了发现辽代“春捺钵”遗址群的意义。

图 3-19　纪录片《一水激活万水流》第三集

在纪录片《星际杀手》第一集(图 3-20)中,解说词有一段对黑洞的描述:“在远离黑洞的地方,引力相对较小,这股力量比较容易抵抗,(物质)能够向反方向前进并最终逃离。但随着距离越来越近,空间的流动会逐渐增强,抵抗这股力量会变得越来越难,直到突然到达一个叫事件视界的临界点，就再也无法逃离。”画面以一艘小帆船逐渐靠近河流中间的旋涡，随着距离的不断推进，小帆船最终被吸入旋涡形象地模拟出物质靠近黑洞时的现象。这段解说词即画面叙事的补充。

图 3-20　纪录片《星际杀手》第一集

三、整合画面，明确关系

解说词的另一个重要功能，是对处于无序状态的画面信息进行必要的整合。整合，即调整、转移、伸缩、帮助、借力，综合协调各手段的关系。画面表现的形象信息往往具有一定的含混性、多义性，解说词可以为观众的感受理解提供一个明确的渠道，使画面传递的信息更清晰，尽量排除个人选择性因素的干扰，尽可能缩小创作意图和观众理解之间的差距。语言学认为，任何语言符号都是由能指和所指构成的，二者之间的联系存在着一种任意性，也就是说一个能指可以对应多个所指。由于时间和空间的限制，电视画面不可能完整再现事件的全过程，只能摘取若干片段进行蒙太奇组接，有时因为素材不理想，甚至采用硬切的方式强行切换。虽然观众早已习以为常，但视觉的流畅度还是受到一定影响。解说词利用明确、概括的语言，可以对互不关联的画面进行梳理整合，用提炼和集中的方式，对庞杂的画面信息进行选择，从而简洁明快地突出关键信息，放大画面的关键性细节，便于观众理解。

纪录片《英雄之城》(图 3-21)呈现的是 2020 年初新冠肺炎疫情暴发后,发生在武汉的一场关于疫情防控的人民战争。该片在多个平台播出,取得了良好的收视效果。在此片中,解说词在时间线和人群两个层面做了整合。在时间线层面,解说词整合了在关闭离汉通道之后,武汉战“疫”的每一个关键时刻:“抢救生命”“关键之举”“全民英雄”“世间大爱”“冬去春归”,奠定了各部分叙事基调。在人群层面,纪录片聚焦于各行各业的人群,记录了医生、警察、社区工作人员、志愿者等在疫情“狙击战”中团结一心、共同奋战的情景。解说词还叙述了部分抗疫“关键之举”背后的故事,塑造了令人感动的英雄式的守护者群像。影片最后,画面中出现了武汉新冠肺炎累计确诊与治愈的数据,解说词“数字背后,是一个个泪水与希望交织的故事”勾勒出温馨感人的武汉战“疫”全景。解说词通过整合,真实客观地记录了这座英雄城市和背后人民的辛苦付出,最终指向全片主题——“人间大爱”。

图 3-21 纪录片《英雄之城》

合理地运用解说词,不仅能够为观众理解画面提供必要的帮助,也能对零散的画面进行梳理整合,顺利、准确传达影片的意图,使观众产生更深层的情感共鸣,对影片主题有深刻的理解。

四、挖掘内涵，深化主题

电视画面只能通过事物的外在形象来叙事，间接地表现创作者的情感、思想、意志、态度等，对于表现内在的、精神的、抽象的东西往往显得无力，并且电视画面具有转瞬即逝的特点。创作者对主题的准确把握、对画面的深入观察和理解、对背景材料的充分说明十分重要，而解说词能够揭示画面的深刻内涵，有力地表明创作者的意图，大大强化观众对画面的感受和理解，引发想象与联想。

例如，纪录片《远方未远》(图 3-22)以“一带一路”上的节点城市、支点国家为线，深度记录了 12 组华侨华人日常的工作与生活，以小切口呈现海外 6000 万华侨华人尤其是新侨人的真实群像。第二集《财富》从中意两国政府签署“一带一路”合作谅解备忘录的故事入手，以真实鲜活而有温度的画面，呈现了一组组生动而饱含温情的影像。一个个血肉丰满、个性鲜明的人物形象，正是千千万万海外华侨华人代表。他们赤手空拳闯天下，在一片崭新的土地上辛勤耕耘，深度融入当地社会，成为当地的建设者，更成为中外交流合作的桥梁、“一带一路”的直接参与者和推动者。片尾以解说词“风

图 3-22　纪录片《远方未远》

云变幻的世界里，行走在每一个角落的华侨华人，靠智慧和勤劳赢得属于自己的财富。未来将会怎样，无人能够预料。但，路就在脚下，幸福就在手中”作为总结，表现出如今繁荣富强的祖国赢得了与大国相称的尊严，华侨华人也有了更多的自信和机会，对未来生活充满希望。

纪录片《“一带一路”上的智者》第一集（图3-23）中有一段介绍了阿劳布尔的新书《中国在人类命运共同体中的角色》（*China's Role in a Shared Human Future*）。此部分解说词详细地阐述了书中对“一带一路”理念的解读：“（它）既是行动纲领，更是有历史意义的信条。‘一带一路’倡议正在向世界展示一条非常实际的前进道路，为实现更大发展创造了最大的可能性，将中国的和平发展与世界的繁荣、福祉联系起来。”并且引用书中的原文揭示本片“和而不同，和合共生”的主题思想。这部纪录片让观众从全新的角度领略到“一带一路”的风采，解说词以书中的语句升华了主题思想。

图3-23　纪录片《“一带一路”上的智者》

纪录片中的事物之间都存在着外在或内在的联系，但由于受到时间、空间等限制很难由画面完全表现出来。这时就需要解说词加以引导说明，帮助观众深入理解主题，使观众在欣赏的过程中由浅入深、由表及里、由此及彼，全面深入地感受纪录片的主题内核、思想价值。

五、启发想象，引发共鸣

电视画面的表情达意是形象的，但也是间接的，抒情性解说词可以直接撞击观众的心扉，使之产生强烈的共鸣。解说词应调动起观众的主动性和参与性，令其结合画面进行积极的想象和联想，开拓思维的空间。

创作者应该通过对主题的准确把握、对画面的深入观察和理解、对背景材料的充分占有，结合眼前的画面形象，创作出具有启发性的解说词，激发观众的想象和联想，使其获得新的形象感受。

纪录片《奇食记》（图 3-24）通过口语化的解说词，轻松惬意的音乐、音效让美食的呈现更加鲜活立体，使观众在屏幕前都能感受到市井小吃的迷人之处。该片的解说词用诙谐幽默、“接地气”的语言让整部片子显得生活化，符合美食主题的调性，修辞手法的运用也给观众带来无穷的想象空间。比如，第二集介绍“吹肝”的美食文化。对于“吹肝”的表演过程，解说词是这样描述的：“割开猪肝上的胆管现出气口，用酒漱口消毒，鼻腔深吸间，气韵游走入丹田。在一两秒之内，所有肝叶立即膨胀，肝内部血管和表面纹理旋即张开。”接着，“风干后的吹肝，胆固醇充分挥发，收缩成纤维状的气孔，原本的硬核成了海绵宝宝”采用比喻的修辞手法，行文生动形象。观众在解说词的引导下，结合片中画面，会对“吹肝”的过程和形状样式进行一种主动的想象。

图 3-24　纪录片《奇食记》

此片的第四集介绍了余师傅制作毛豆腐的过程：“充分冷却后，新生的豆腐皮被卷曲成筒状，几下功夫，如帘子般的手工豆腐卷出街。”解说词利用巧妙的比喻描述了毛豆腐的形状特点。“湿度的催化、温度的调和，时间让植物蛋白在微生物的开示下逐渐分解转化，宛如巴蜀山间飘过的那一抹白云，银如白雪，亦复若帘，虚无缥缈。”“时间、风土的交集，水与火的交替，手和心的交融，方能营造这段一帘幽梦。”这几句话对毛豆腐产出过程的描述细致入微，生动形象。这段解说词也营造出一种缥缈的语言氛围，具备一定的启发性和引导性，把握住了观众的心理趋向，为其提供了想象的空间，留下回味的余地。同样，第五集对特色美食土笋冻是这样形容的：“淬炼磨难，褪尽浮华，宁静、质朴、幽玄、脱俗，这是土笋留给人世间的馈赠。”解说词用几个诗意的词语概括了土笋的制作过程，不仅宣传了中国特色美食文化，也勾起了外地人对于土笋冻美食文化的兴趣。解说词的写作技巧在于通过语言的准确描述，引导观众对画面形象不由自主地进行加工改造，形成全新的视听感受。此外，声音在纪录片中也有着举足轻重的作用。好的配乐、贴切的音效能够给画面补充更深层的含义，烘托主题、营造氛围。解说词配音同样能成为纪录片的加分项，更好地引导观众产生心理共鸣。

解说词能丰富画面的信息，渲染画面的气氛，增添画面的情趣，带动观众的观看情绪。因此，创作者要精心选择恰当的词语和组合方式，用准确的语言解释画面的形象特征，使语言与画面相辅相成、相得益彰。解说词能够反映创作者对画面的感悟力、理解力以及思考的深度，而观众也乐于接受富有想象引导力的解说，因为它能够带来思考和情感共鸣，为观众的想象提供必要的逻辑依据。

六、抒发情感，营造氛围

解说词把创作者对于事物的认识，借助语言诉诸观众的听觉，把凝聚在镜头间的深刻含义用简洁的语言表达出来。解说词的创作只有饱含真挚的感情，才能具有动人的表现力，从而增强画面形象的艺术感染力。真挚的情感来源于创作者对画面主题的理解与感悟、细致入微的观察和体会。画面可以通过强调细节、展现过程、营造氛围来表达情感，但这种表达是间接的，而解说词能够直接触动观众的内心，使之产生强烈的共鸣。解说词在抒发情感时通常有两种方式：一种是通过抒情的语言直接传递感情，打动观众；另一种是通过叙述画面故事情节来感染观众，引发共鸣。

系列纪录片《国家相册》第十八集《父辈的抗战》（图 3-25）讲述了抗日英雄的光辉功绩，还原了抗日战争时期晋察冀边区战士的奋战情景，具有重要的历史意义。“国难当头，父子之情早已融入家国大业。”“14 年，一个落后的农业国，以一寸山河一寸血的悲壮，让强大的对手低下了头。”“今天的我们，就是父辈的听众，而我们也在讲述，把历史讲给未来。”这几句解说词作为过渡转场，通过语言直接抒发情感：在 14 年的抗战过程中，为民族大义与救亡真理前仆后继、舍生忘死、无私奉献的抗日英雄们，拥有大勇、大智、大义、大仁的精神。他们为挽救民族危亡、实现民族独立和人民解放、维护世界和平与国际公平正义而壮烈牺牲，令人感慨万分。

图 3-25　纪录片《国家相册》第十八集

系列纪录片《一亿人的脱贫故事》（图 3-26）叙述了在脱贫攻坚的壮阔历程中，基层扶贫干部、致富带头人、贫困户众志成城、勠力同心的故事，展现了“奋斗改变命运”的众生图景。第三集讲述了脱贫过程中干部的模范带头作用。“微光汇聚，便是星河。在决战贫困的‘战场’上，扶贫干部们践行习近平总书记的要求，真抓实干，坚持不懈，真正把让人民群众过上好日子作为自己的奋斗目标。因为他们的到来，千难无碍。这份光荣，是因为我们是党和群众沟通的桥梁，连着千家万户的心。我们党员驻村干部就像一颗颗小星星一样，每颗星星都在尽力发射着自己的光。”此段解说词叙述了画面中扶贫干部牢记使命、担当重任的情景，使观众产生了深深的共鸣。“头雁”领飞“群雁”随，在脱贫攻坚的战场上，大家握指成拳、聚沙成塔，解说词“他们既是激活经济的‘催化剂’，更是拉动群众脱贫致富奔小康的‘火车头’”是对扶贫干部发挥带头作用最好的总结，也体现出全片主题——一亿人脱贫故事背后的中国奥义。

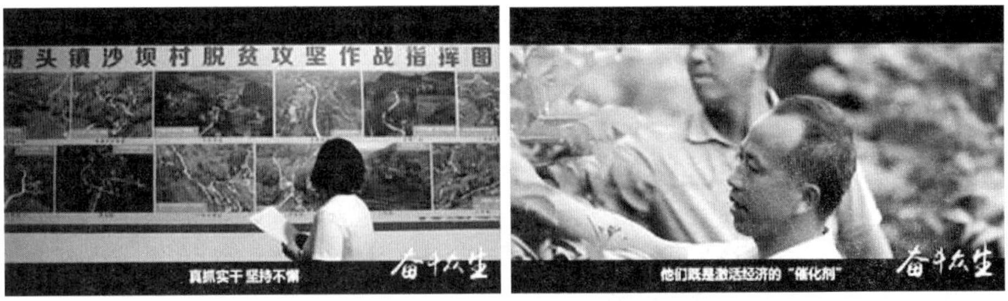

图 3-26　纪录片《一亿人的脱贫故事》

电视片是视听结合的产物，解说词在电视片中不可或缺。无论是叙事还是抒情，解说词都能够在片中起到不可替代的作用。电视片不仅要向观众提供丰富、有价值的画面内容，还要向观众传达对生活的深入理解与思考，使不同国家、民族、地域的观众都能够在片中得到有益的启迪。此外，解说词也能够推动电视片的传播，是观众理解影片内涵的重要方式之一。

第四章

解说词的布局设计

第一节　解说词与结构 >>>

一、结构的定义

罗伯特·麦基在《故事》中指出，结构是“对人物生活故事中一系列事件的选择”，这种选择将时间组合成一个具有战略意义的序列，以激发特定而具体的情感，并表达一种特定而具体的人生观。通俗地讲，写文章就像盖房子，需要准备好设计图，明确工作的流程、使用的材料等，而结构就像房屋的横梁和立柱，是支撑起全部材料的骨架。

一篇文章的结构，不是随着事件的发展自然产生的，而要依靠作者的精心设计谋篇布局，既要符合事物发展的逻辑，又要最大限度地反映作者对作品主题的认识和思考。

二、结构的功能与作用

叙事结构安排是表达主题的重要途径，叙事结构是记录者依据自己的观察视角、理解深度、叙述便利、主题设想和他希望的观众接受方式而设计的。观众经由叙事结构的引导进入影片，因此，叙事结构决定着观众进入作品的角度和对作品的理解方式。

事件的情节性叙述主线如何处理，情节片段从何起笔、收笔，在何处升华，复线何时介入等，都是结构设计的重要内容，也是内容创作者必须提前规划好的内容。因此，了解和掌握常见的叙事结构格外重要。

第二节　中西方叙事结构比较 >>>

"叙事"，顾名思义，可分解为"叙述"和"故事"，也就是"讲什么"和"如何讲"。一部作品无论以何种方式结构全篇，都离不开叙事。

清代吴敬梓创作的长篇小说《儒林外史》，在第三十三回的评语中有这样一段话："凡作一部大书，如匠石之营宫室，必先具结构于胸中，孰为厅堂，孰为卧室，孰为书斋、灶厩，一一布置停当，然后可以兴工。"这段话形象地说明了小说文本中，结构的内涵和重要性。

一、中国文学的叙事结构

中国的史传文学作为中国史学重要的一部分，不仅是对历史的一种记载，也是当时文学艺术发展的一种体现。中国的史传文学大体分为两种结构方式：一种是以《春秋》《左传》为代表的编年体，另一种是以《史记》为代表的纪传体,后来的《汉书》《后汉书》《三国志》等都是以纪传体的结构编写的。有人说,不能把小说写成历史,也不能把历史写成小说。反思一下,其实在中国,正是因为历史与小说之间的紧密关联,才出现了这样的说法。

关于中国古代小说的起源争议众多,但都重视历史事件的描述,不论是编年体还是纪传体,人物都被置于历史的叙述中。中国的武侠小说原来也是写事,后来才逐渐写人。例如,“北派五大家”之一王度庐的作品《卧虎藏龙》《宝剑金钗》《铁骑银瓶》等,就强调人物是串联事件的核心。我国古代小说艺术结构丰富严谨、异彩纷呈,甚至隐含着中华传统文化中最核心的哲学观和宇宙观。以《封神演义》为例,它以武王伐纣、商周易代为历史框架,暗含了天人合一、因果报应等中国古人朴素的价值观。到了宋元时期,长篇小说开始发展起来,但其结构几乎全都是“单线顺序式”,也就是以某一个朝代或某几个朝代的兴废存续为线索,以若干人物为主角的结构来叙事。

分析我国古代小说的叙事结构,可以总结出三点:第一,历史题材是最常见的长篇小说的题材。因为“讲史书”这门“说话”的艺术为长篇小说积累了丰富的资料和众多的故事,将这些故事用一条线索贯穿起来,就可以构成一部长篇小说。第二,小说家认识到人物的重要性,即事情必须由人做出来,写事也必须写人。第三,由于顺叙更易于吸引受众,这种结构有始有终、有头有尾,与原初的“说话”艺术一脉相承,因此我们看到的大多数古代小说都是以顺叙的方式展开叙述的。

中国古典长篇小说的主要结构章回体,也是由宋元时期的“讲史话本”发展而成的。这一时期的章回体小说天生具有鲜明的、统一的外部结构:第一,每部长篇故事被人为切割成篇幅大致均衡的若干回(如四十回、八十回、一百回、一百二十回等),这种章回的切割形成了故事的节奏感。第二,它的切割点多设于小说情节转折或递进的地方,这种切割点与转折点的结合,令读者形成了一定的期待感。第三,章回体小说的回目文字可以隐括或预叙本回情节,这也是一种悬念的设置,强化了期待感。第四,章回体小说采用的是榫卯结构，也就是将上下文的内容做一个勾连，借用悬置、延宕等手法，为下一章节留下空间。

在现代影像艺术当中，也有采用这种结构进行的创作。以徐童的纪录片《算命》为例，该片以残疾算命先生历百程和他的傻老婆为中心人物，延展出寻找历百程算命的各色人物的故事。它采用中国传统的叙事结构，每一个算命的人身上发生的故事和算命经过都是一个章节，各个章节独立发展、互不相关，形成了一种有趣的表意结构，意在表现居无定所的"游民"不为人知的底层生活。此外，《算命》是徐童创作的"游民三部曲"之一，三部曲本身也构成了一个有意思的结构，形成了一个整体，实现了对社会生活的不同侧面的投射。

回到小说的历史发展脉络，到了中国的明清时期，小说家开始借助各种手法，对章回体小说的内部结构加以统摄、强化，使其艺术化。这些手法大致可以分为"部法"和"章法"两个层面。其中，"部法"主要用来处理文本大块面之间的关系，也就是我们常说的"大关锁""大照应""大收束"，特别注重小说首末回的设计，例如《红楼梦》围绕时代背景形成的叙述；而"章法"则多用于处理局部小块面，包括回与回以及回目内部诸多叙事单元之间的关系，在小说结构层面产生了诸如衔接、悬置、预叙、呼应、烘托、映衬、延宕、伸展等非常丰富的艺术效果。

二、西方文学的叙事结构

西方的传统小说大多源于神话，后来古希腊的游吟诗人又将这些神话编成史诗。这种模式采用一个中心人物来结构全书，把中心人物放在经过调度的时间和空间内，完成一个有"整一性"的行动。中国史传文学叙事强调事件，相比之下，西方文学的叙事强调人物。

古希腊长篇著作《荷马史诗》奠定了西方文学的结构模式，两部史诗《奥德赛》和《伊利亚特》的叙事结构分别是线状结构和网状结构。线状结构，即按照事件的发展脉络或者事件顺序结构全篇。线状结构是西方后世文学效仿最多的叙事结构，比如《简·爱》讲述的就是孤女简·爱的故事。简·爱自幼父母双亡，她寄人篱下，长大后在一所庄园做家庭教师，爱上庄园男主人后却发现他有妻子。简·爱的理智战胜了情感，她离开了庄园。后来经过种种磨难，她再次回到庄园，和男主人幸福地生活在一起。可见，中西方的文学叙事结构都有以线性结构为主流的时期，并且都是在线性结构的基础上，根据创作者的主观意图和文本需要，发展出多种多样的结构方式。

线性叙事结构一直流行至18世纪。这一时期，大规模的思想启蒙运动兴起，艺术家们的思想获得了极大解放，此时的小说结构也朝着多元的方向发展。除了自文艺复兴时期就流行的"流浪汉小说"外，"室内小说"也是典型代表，它的小说情节更加复杂，矛盾冲突加剧，重视个人情感，艺术表现形式发生改变。

19世纪自然学科理论兴起，哲学思想潜移默化地影响着人们的思维方式，单线叙事结构发展至双线叙事结构，两条线索交叉的叙事结构也是现实生活复杂关系和情感的体现。

进入20世纪，非理性主义思潮彻底改变了人们原有的艺术理念，尼采的超人学说、伯格森的生命哲学、弗洛伊德的精神分析学等催生了意识流、超现实主义、荒诞派等作品。这一时期的作品抛开传统，打破时空限制，追溯人的内心，对外部世界采取否定和讽刺的态度。现实世界的扭曲和人性的丧失等思想使得作品结构具有不规范性，人们不再按照固定模式进行创作。法国小说家马塞尔·普鲁斯特创作的长篇小说《追忆似水年华》讲述了马塞尔现实生活和内心世界的交织，十分注重展现精神世界。作者打破时空顺序，任由主人公由一件事情联想到另一件事情，大量的内心戏和独白表现了人物对外部世界的看法和对本心的追溯。此外，影视艺术中也出现了大量反常规的作品。例如，意大利导演费里尼拍摄的影片《八部半》就采用了意识流的创作方式，这是一部带有自传性质的影片，也是一部“戏中戏”。影片表现了一名导演在创作影片时遭遇瓶颈的故事，通过大量幻想、联想和回忆等潜意识内容，暗示了主人公混沌无奈、备受煎熬的状态。

第三节　解说词叙事结构设计 >>>

一、布局原则及技巧

（一）布局原则

1. 紧密围绕作品主题，删除“无关枝蔓”

主题类似于一个核心的观点，结构的设置需要围绕这个核心观点展开。在选择素材的过程中，应删减无关的内容，从而确保主题的鲜明。议论文的写作需要有明确的论题、论点、论据，影像文本的写作也一样，没有明确的主题，作品就很容易变成一盘散沙。

2. 符合作品体裁特征，避免“跨界”

不同的文本形态有不同的处理方式，电视作品中诸如消息、系列报道、专题报道、纪录片、政论片等都是不同的体裁，因此有不同的表现形态和特点。我们经常会提到一个词——“跨界”，其实“跨界”是从类型学的角度来说的，就是对不同类型的事物进行研究、嫁接。对于这种“跨界”作品的结构布局，我们需要对作品的体裁有更深入的研究，在两个或两个以上的体裁中找到一个平衡点，再进行创作。

3. 巧妙结合各布局特点，寻求“最优解”

在作品的创作过程中，布局并不是一成不变的，我们可以将多种布局形式融合在一个作品中，但要确保多种形式的融合和谐统一、流畅自然。

4. 合理控制叙事节奏，留时间“消化与回味”

在结构布局时，要注意控制节奏，包括叙事节奏、情感节奏，既要有高潮，也要有平缓之处，要让观众有时间消化作品的内容，思考作品的中心思想和价值观。

（二）布局技巧

通常，布局包括开头、层次和结尾三个部分。

1. 开头

戏剧表演中有句行话，“演戏要打头不打尾”。演员一定要在开头就给观众留下一个深刻的印象。戏剧如此，视听作品也是如此。开头要在短时间内吸引观众，就要求创作者提前展示精彩的内容，但这种展示又要欲说还休，以便吸引观众继续观看。常见的开头有以下几种：

（1）开门见山

这种方法是一开头就点明中心，使观众对节目的中心思想有一个明确的了解。开门见山是直接的、没有任何遮掩的开场方式，这种方法或热情，或直白，或直抒胸臆，能产生气势磅礴、直指人心的效果，多在政论片或说理性较强的片子中使用。

例如，大型航拍纪录片《航拍中国》的开篇：

你见过什么样的中国？是960万平方公里的辽阔，还是300万平方公里的澎湃？是四季轮转的天地，还是冰与火演奏的乐章？像鸟儿一样，离开地面，冲上云霄，结果超乎你的想象。前往平时无法到达的地方，看见专属于高空的奇观。俯瞰这片朝夕相处的大地，再熟悉的景象也变了一副模样。从身边的世界到远方的家园，从自然、地理，到人文、历史，50分钟的空中旅程，前所未有的极致体验。从现在开始，和我们一起，天际遨游。

作为一个以航拍视角俯瞰中国大地的纪录片，《航拍中国》用简单直白的解说词强调了俯视角度的与众不同，开篇点出这部纪录片介绍中国的特别之处，让观众知道这个片子要讲什么，接下来的内容就从这一特定视角展开叙述。

(2)曲径通幽

曲径通幽就是通过描写人物和景物开头，从人物入手，从细节入手，通过小的着眼点牵引出大的背景，以产生四两拨千斤的效果。

例如，大型纪录片《紫禁城》的开篇，以解说词“红墙、金瓦”等细节为描写对象，引出600年前车水马龙、人声鼎沸的北京城。随后从民间画家的视角，描绘了“外国使臣向皇帝进献瑞兽”这一幕，从侧面描写了黎民百姓、外国使臣对皇帝居所的好奇。最终落回画卷中一座座落于仙境的宫殿上：“在一片片缥缈的白云之下，一座神秘的宫殿仿佛置于仙境，它在现存官书可考的万历《大明会典》中，有了一个载誉天下的名字——紫禁城。”从而引出故事，这就是细节引入法。

此外，使用对比的手法也可以达到曲径通幽的效果，即在片子的开头，把不同的人和事物或同一个人和事物的不同时间、不同方面的情况做对比介绍。运用对比法可以使描绘的对象更突出，增强表达效果，给人留下深刻的印象。

(3)设置悬念

以悬念开场也是有效吸引观众的方式之一，悬念越有张力，越能吸引观众。在写文章的时候，我们常常把事件的结果或文中的某个精彩片段放在开头，引起读者的疑问，然后叙述事情的起因和经过，影片开头也可以用这种方法。

例如，纪录片《海豚湾》在开篇就运用了设置悬念的方法：

我想说，我们确实尝试过，通过合法手段拍摄这个故事。我设想，这样做可能导致的各种意外，这令我彻夜难眠。里克一开始给我讲述的故事只是冰山一角。

寥寥几句解说词，深深地吸引了观众，观众要想了解事情的真相，就要继续观看纪录片。

2. 层次

层次是作品的主要结构，它体现了创作者思路展开的过程。视听创意作品没有固定的结构模板，也没有完全相同的层次，但是好的作品一定有一些共性，我们通过对大量视听创意作品的分析，总结出层次的四种模式：

(1)顺序组合式

顺序组合式，即随着时间推移或者以作者认识、感情发展的顺序来安排层次。解说词在其中起到穿针引线的串联作用。

比如BBC纪录片《文明》就按照时间顺序，梳理了世界艺术史的发展脉络及其与人类文明的关系。古埃及、古罗马、古希腊文明，绘画、建筑艺术，金字塔、兵马俑、三星堆，古文运动、文艺复兴……如此之多的信息，通过一段段精准的解说词合理恰当地串联起来，形成了生动、立体、饱满的故事线。

在《创世的第二个瞬间》这一集中，主创带我们探索了世界各地文明的起源。那么，如何在线性时间的前提下，同时讲述多个文明起源的故事呢？此时，解说词的设计就显得十分重要了。

然而人类的创造力始于何处？几乎可以肯定的答案是在非洲……

接下来，我们很可能要在西班牙北部找到线索。在这里，大约30,000年前，赭石上的刻痕演变成了绘画。在这个神圣的地方，原始符号曾大量出现，比如手印……

这些手印远在印度尼西亚和巴塔哥尼亚地区也都有所发现……

解说词通过设问开场，引导人们关注非洲；随后，通过对同一问题的回答，将讲述重点转向西班牙；最后，通过对“手印”符号的强调，将讲述中心转向同样拥有“手印”符号的印度等地区。

以前、后内容之间的相似点为基础转换讲述场景，会使得各个部分融合得十分自然。就这样,从遗址到博物馆,一件件传世珍宝、一个个艺术流派、一段段璀璨历史,在主讲人的讲述里焕发出超越时空的光芒。

(2)典型集合式

典型集合式,指作品的内容分为具有一定内在联系的几个部分,各部分互相并列,但合在一起又共同表现作品的主题。如纪录片《但是还有书籍》第一季第一集,这一集主要讲述了朱岳、俞国林两位编辑和北大文学翻译家范晔的故事。

在被一些人视为夕阳产业的出版业,仍有无数像朱岳一样的编辑坚守着文化的阵地,编织着思想的载体。从一字一句地校阅,到挖掘优秀作品,他们的工作琐碎繁杂,却意义非凡。

和编辑一样,文学翻译也是一种与孤独相处的工作。他们凭借对文学的热爱,独自泛舟于浩瀚的词汇之海,以迟缓而审慎的态度为读者扫除阅读障碍,让人们得以领略到更多非凡的作品。

这两处解说词将三个重要的片段串联起来,共同表现了这一集的主题,十分和谐自然,恰到好处。

(3)逐层递进式

逐层递进式,指作品的内容分为有一定内在联系的几个部分,各部分是逐层递进的,使作品的意义逐层展开。解说词在其中起到推波助澜的作用。

《新闻调查》大多以这种方式进行叙事,抛出事件,层层揭开事件的原因、经过、人物等谜团,最后才让观众了解事件的全部真相。其中,解说词用不断发问的方式设置悬念,吸引观众的注意力。比如,在 2022 年 1 月 15 日播出的《一个社区的医疗实践》中,解说词就通过对各个叙事单位关键节点的讲述,一步步地推动整个事件发展。

片子开头讲述了一位社区老人突发急性心梗,在社区医生的帮助下被成功医治的故事,其中解说词"以最快的速度送到附属医院""出院后病人要求签约这位家庭医生"在讲述事件结果的同时,快速将我们引向了本片的重点——家庭医生。随后，片子以多位家庭医生为例，详细讲解了“家庭医生什么时候出现在我们身边”“怎样才能享受到家庭医生提供的服务”等问题，重点突出、简明扼要、贴近生活，实现了传播的目的——介绍、普及家庭医生。

类似的调查类节目，都是在解说词的层层推动下展开的。《新闻调查》多年来的收视率足以证明这种逐层递进式的叙事是被观众认可的。

3. 结尾

在视听创意写作中，很忌讳“头重脚轻”“虎头蛇尾”，虽然前面说到要在开头把精彩的地方展现出来，但也不能到了结尾没有内容可讲，最后草草收场。因为这样往往会影响观众的观看感受，使观众抓不住作品想要表达的中心思想。

一个好的结尾，在结构布局上可以起到首尾呼应、引发联想的作用。结尾和开头相互关联，回到作品的中心思想或主题上，既可以加深观众对影片的印象，又能升华主题，引起观众的共鸣或深思。

二、解说词文本的结构特性

要想给作品组织一个合理且适当的结构，最重要的是确立故事的主线和人物，明确作品的主题。结构应为立意和主题服务，它应能够在具体的艺术作品里完整、深刻地表现出立意和主题。解说词文本的结构特性可以归纳为以下三点：

（一）统一性

一部作品的结构必须是有机的、统一的整体，即具有统一性。结构与其他元素必须和谐统一，比如情节、节奏、情感等。

清代文学家、戏剧家李渔在《闲情偶寄》中说：“编戏有如缝衣，其初则以完全者剪碎，其后又以剪碎者凑成。剪碎易，凑成难，凑成之功，全在针线紧密。一节偶疏，全篇之破绽出矣。每编一折，必须前顾数折，后顾数折。顾前者欲其照映，顾后者便于埋伏。照映埋伏，不止照映一人，埋伏一事，凡是此剧中有名之人，共涉之事，与前此后此所说之话，节节俱要想到。宁使想到而不用，勿使有用而忽之。”这段话形象地强调了作品结构的统一性。

（二）逻辑性

一部作品或者一出戏的场次与场次之间、情节与情节之间必须有连贯性、逻辑性和顺序性。主要事件的发展过程必须符合逻辑体系，具有逻辑特点，恪守逻辑规则。

（三）象征性

象征性是指全部情节单元紧紧围绕着某个形而上的抽象理念，如一种意识、一种观点、一种思想或一种感觉展开。理念是情节的内核，是情节片段之间的连接线索。

第四节　常见解说词叙事结构分类 >>>

一、双线对比结构

双线对比结构是指不同时空之间的穿梭、交织，形成叙事时空的多重表意结构。它可以分为不同空间维度的交织结构和不同时间维度的交织结构。

央视科教频道倾力打造的纪录片《跟着书本去旅行》是一档体验式文化教育节目。节目以经典名著为线索，在现实生活中探寻“经典场面”，在“读万卷书”的同时“行万里路”。如在2021年11月的节目《奇妙的海洋世界》中，书本旅行团一边阅读凡尔纳在《海底两万里》中对海洋动物的描写，一边亲身探寻海洋馆里动物的奇妙夜晚。

凡尔纳在《海底两万里》中描绘了印度洋海域凶猛的黑鳍鲨。这种鲨鱼可谓是海中一霸。白天，它们凭借着强悍的捕食能力纵横四方，任何小鱼都难逃追捕。那么当夜晚降临，黑鳍鲨会不会也像人类一样感到疲惫，进入梦乡？它们是如何睡觉的？

镜头里随之出现的，是书本旅行团来到黑鳍鲨面前观察的画面。解说词巧妙地将游览者亲历的场景与书中的文字描绘相结合，使观众穿梭于书本与现实之中，感受海洋动物的独特魅力。其他几集如《恐龙探秘》《过零丁洋》《汪曾祺笔下的淮安味道》等，也同样在实地游览的过程中穿插原著片段，古、今两个时空维度相互交织，使观众感到仿佛与诗人、作家身处同地、观赏同物，感觉十分奇妙。

二、团块结构

团块结构是指在一个作品中有几条不同的线索讲述不同的故事，几个故事看上去似乎没有联系，但其实有某种内在的情感牵连。团块结构的形式类似于文学中的散文，“形散而神聚”。

例如，纪录片《一百年很长吗》寻访了十余组拥有古老的手艺并延续百年的小店，将目光聚集于命运与手艺纠缠在一起的手艺人身上。如何将这些看似零散的片段合理地安排在同一主题之下呢？此时就需要通过解说词来点明主旨，使观众了解到各个片段都是用来强化主旨的。

镜头下你会发现，每个人都有自己的困境。为钱发愁，为命挣扎。但是每个人也以自己的方式迎战着生活。他们窘迫，也曾得意过、哭过，还没有丧失笑的能力。

节目组在平凡的生活中探寻手艺人如何与手艺为伴，寻找支撑着一门手艺流传下来的力量究竟来自哪里。片段之间没有必然的因果关系，也没有中心事件，但是段落之间形成了内在的情感联系，存在于主旨当中。这便是团块结构的特点。

三、时空结构

前面我们提到，小说的结构是指小说各部分之间的组织和安排，而小说的情节是由特定的情节单元或叙事单元构成的。不同的小说篇章，其情节单元的构成方式也不同，从而形成了不同的情节结构类型。不同的情节结构类型有不同的叙述特点和审美功能。

理解了小说的情节，这里就要提到和情节相关的一种结构——时空结构。时空结构可分为线状结构和画面结构。线状结构，就是各部分情节是按照时间顺序、事件的因果关系组接起来的，呈线状延展，从始而终，由头至尾，一步步向前发展，虽然有时也会有倒叙、插叙和补叙，但并不改变整个情节的线状格局。画面结构又被称为“横截面结构”，它表现出来的是一个个空间，好像切断的画面组合起来完成影片的主题呈现。

例如，美国经典长篇小说《飘》（*Gone with the wind*）以亚特兰大以及附近的一个种植园为故事场景，描绘了美国内战前后南方人的生活。作品刻画了那个时期众多的人物，如斯嘉丽、白瑞德、艾希礼、梅兰妮等。小说通过这些典型的来自南方种植园的年轻人，展现了南北战争时期美国南方地区人们的习俗礼仪、言行举止、精神观念、政治态度等。

四、网状结构

通过对《红楼梦》叙事结构的观察，我们看到，它是通过一种网状的形态，把三条以上的线索相互交叉来完成叙述的，这也是西方意识流小说经常采用的一种基本的情节结构。这里要说明的是，对于叙事文本来说，所谓的结构设计主要就是安排情节。分析文本的叙事结构，就是对情节结构的探析。

《饮食男女》是著名导演李安于1994年执导的作品。影片中，老朱是一位著名的大厨，妻子去世后，独自一人抚养三个女儿。这三个女儿的性格大相径庭，情感生活也跌宕起伏，成为电影主要的线索与看点。

影片在开场部分，用快镜头交代了三个女儿三条并行的故事线索。随后影片展开交叉叙述，形成了饱满的“网状结构”，娓娓讲述了老朱一家人看似平淡实则各种矛盾交织的生活故事。随着人物生活、情感的变化，电影情节自然而然地被串联起来，观众看到的不仅是两代人的冲突、伦理问题，还有基于原生家庭构建出的不同职业、不同年龄层女性的价值观与人生轨迹。

李安通常用快速的剪辑节奏和紧凑的镜头转接来进行叙事，取代了中国传统电影中以语言为主导的叙述模式，这是李安对西方电影技巧的成功借鉴，也是李安对西方文化进行自我内化的深刻体现。

五、套层结构

套层结构是一种比较特殊的时空结构，由两条线索构成：一条线索是故事的发展，另一条线索则是正在讲述故事的人本身的发展。两条线索交叉行进，相互渗透、相互指涉。

好莱坞经典影片《燃情岁月》于1994年在美国首映后便受到了观众的喜爱，故事发生在美国西部。影片以一位印第安人倒叙的形式，向观众讲述了一段亲情与爱情、战争与和平、激情与悲情、原始与文明相互交织的燃情岁月中的传奇故事。电影开篇印第安人的旁白“有些人能清楚地听见来自心灵的声音，他们依着那声音作息。这种人最终不是疯了，就是成了传说”

是整个影片的灵魂。随后,影片围绕这段话展开整个故事的叙述。

影片通过独特的套层结构进行交叉叙事,印第安人在讲述故事的同时,又引导观众对故事进行思考。影片还涉及许多美国著名的历史事件:南北战争、西进运动、第一次世界大战、屠杀印第安人、禁酒法案……所有这一切都使得该片成为一部经典影片。

需要注意的是,网状结构和套层结构虽然被广泛应用于文学作品或电影创作中,但在纪录片中比较少见。

第五节　结构与悬念 >>>

一、悬念的分类

悬念是结构中很重要的一个概念,美国剧作家威·路特在《论悬念》中有过一段论述:“戏剧性故事的讲述者运用更有诱惑力的技巧……来吊你的胃口……从广义上讲,他埋下一颗炸弹,这颗炸弹可能是物质的,也可能是感情的,然后把它留到最后爆炸。就这样,他把戏剧中的能量释放出来,这种能量就是悬念。”

根据在解说词整体叙事结构中的不同作用,悬念可以分为结构性悬念和兴奋性悬念。结构性悬念是指贯穿在节目当中的总体悬念,是大悬念,其主要作用是构建节目的整体框架,突出节目的总体构思,揭示节目主题和思想内涵。兴奋性悬念通常是小悬念,在节目中起到铺垫故事情节、烘托人物形象、提高观众收视兴趣的作用。

根据表现方式的不同,悬念可以分为冲突型悬念和抑制型悬念两种。冲突型悬念是指在叙事的过程中,叙事主体通过解说词等手段把故事的全部、局部或某种迹象与征兆向观众作出提示,或是通过对游戏规则的操作,加剧人物冲突，增强故事的曲折性，使观众随着人物的命运和遭遇而紧张、焦虑、悲喜交加。冲突型悬念通常用于矛盾冲突剧烈、情节复杂的节目当中。例如，法制节目《今日说法》经常采用倒叙的方式，在开头用解说词引出事件，设置悬念，抛出疑问，让观众在紧张的情绪中一步一步了解事件真相并学习相关法律知识。抑制型悬念是指抓住观众急于获知内情的迫切心理，故意放慢叙述节奏，延缓叙事进程的悬念表现方式。

二、如何设置悬念

虽然悬念的设置在视听创意写作中是一个重点，但是对于解说词来说，由于节目的特性限制，作者在节目制作的过程中去调查取证的可能性非常小，节目大都是“过去完成时”，基本已无悬念可言。因此，要想把故事讲好，就更要讲究叙事的技巧，安排好故事的结构，设置好故事的悬念。由于素材的客观性、真实性和不可变更性，作者不可能对故事的人物性格和情节进行人为的设置与策划，只有当素材采集完成之后，才能根据整体片子类型、风格和叙事结构，找准悬念的切入点，在叙事文本上安排结构并设置悬念。

运用悬念的关键之一是“隐”，即故事本身的跌宕起伏。在进行悬念设置的时候，节目要利用观众对“悬而未决”因素的强烈期待心理，把握观众对人物命运的关注。运用悬念的另一个关键是要充分延伸悬念。电视节目不仅要善于设置悬念，还要巧妙地延伸悬念，一般应该在片子的开头设置悬念，在片子进行的过程中不断地提出新的问题，制造新的兴奋点，使悬念紧跟着解惑的节奏，一环一环地延伸下去。例如，在北京卫视的纪实节目《档案》中，讲述人通过已有的文献资料、影像或历史器物等对现实事件进行回放和讲述，随着事件的发展，悬念和疑问也层层迭生，紧紧抓住观众的好奇心和求知欲。

因此，悬念是构建故事情节最具魅力的元素之一。悬念的结果应该出人意料，但又在情理之中，不能过于夸大，更不能随意捏造。悬念既要是作品展开的线索，又要能突出主题，能够有效传达作品的内涵。

下面是五种常用的设置悬念的方法：第一种方法是“无巧不成书”，指在作品中设置一些细微的巧合，为后文埋下伏笔，增加作品的故事性；第二种方法是先抑后扬或先扬后抑，指设置悬念时注重情节的发展节奏，有高潮、有回落，前后可以形成鲜明的对比；第三种方法是把文章的结局或主要情节、主要矛盾放到开头，然后按照事件的发展顺序来写；第四种方法是对故事情节或人物行为进行适当的夸张；第五种方法是制造一些巧妙的误会。

需要注意的是，在作品的创作过程中，不能随意设置悬念，一定要有明确的目的，要在“疑问”和“曲折”中展示人物的性格或事件的意义。而且，设置悬念必须以事实为依据，一定要适度、自然，不要脱离生活，不要故弄玄虚。

还有很重要的一点是，设置悬念时一定要交代造成悬念的前提。没有必要的前提，故事就不会发生。只有交代清楚前提，才能让受众信服。另外，节目包装也是悬念设置的一个重要方面。利用节目名称、标识、片头、片尾、片花以及解说词和声音等元素设置悬念，激发和调动受众强烈的观看欲望，不仅是一种商业营销策略，也是一种艺术创作方式。

第五章

解说词的风格塑造

第一节　解说词的风格 >>>

解说词是视听作品的构成元素之一，与画面、音乐等视听语言相辅相成。解说词的风格可以理解为一种独特的语言格调，创作者结合自身文学素养，围绕影片的内容，通过遣词造句、谋篇布局，营造特定的语言氛围，引导受众更好地理解画面，从而更深刻地体会影片传达的思想感情。不同类型的视听作品适配不同的解说词，解说词的语言风格和表达形式也会对视听作品产生一定的影响。常见的解说词风格有说理政论式、抒情散文式、叙述纪实式、活泼网感式，等等。

一、说理政论式

说理政论式的解说词多运用于政论片、哲理片和历史片等，这类视听作品的主题往往聚焦于社会与文化，力图通过对重大事件和现象的深度剖析来揭露其中蕴含的道理，具有很强的理论性和思辨性。

以政论专题片为例，它的主题一般比较严肃，政治理论色彩浓厚，肩负着凝聚民心的重要使命。因此，与之配合的解说词的语言风格也要求开门见山、准确流畅、简洁凝练、节奏分明。《扫黑除恶——为了国泰民安》是一部由全国扫黑办与中央广播电视总台联合摄制的六集政论专题片，于2021年3月首播，全景展现了以习近平同志为核心的党中央部署推进扫黑除恶专项斗争的非凡历程，充分展示了三年来依法重击黑恶势力的丰硕战果。第一集《战略决断》的开篇解说词干净而利落：

河清海晏、天朗气清，这是中国人民对美好生活的期盼，也是一项伟大的时代使命。当“两个一百年”奋斗目标进入历史交汇期的关键时刻，一场史无前例的专项斗争也正式拉开序幕。

这段解说词先用一句话说明“清”的重要性和必要性，紧接着引出扫黑除恶专项斗争，没有丝毫拖泥带水，迅速进入主题。这也说明系列专题片第一集的解说词决定着整个系列的视角、格局和境界，起引领风格、给整个系列“定调”的重要作用。

二、抒情散文式

抒情散文式解说词主要用于与人文自然有关的视听作品中，其行文风格与散文类似，富有诗意，能很好地传达创作者的思想感情，引起观众情感上的共鸣。这种情感的抒发可以是对自然风景、风土人情的赞美，也可以是对美好事物、崇高精神的追求。

腾讯视频大型自制纪录片《风味人间》在全球视野下审视中国美食的独特性，并在风格鲜明的美食中寻找千丝万缕的联系，自2018年10月第一季开播以来，好评如潮，成为美食纪录片领域新的标杆。第三季《大海小鲜》从中国的海洋与海鲜入手，全景勾勒了中国海洋的壮美辽阔，讲述了一群依海而生的劳动人民的日常生活故事。其解说词生动而精致，在描述画面的同时倾注细腻的情感，引人入胜。例如第三季第一集《天涯·四海为家》的引子，如诗一般拨动观众的心弦：

大海早就在那里，漫无际涯，神秘莫测。海上风云多变，却源源不断送来至味珍馐。生计和温饱，伴随日升月落与万家灯火，让无畏者以梦为马，四海为家。

这一季的《风味人间》围绕海鲜展开，极具共情力的解说词配合绚丽多彩的画面，让打渔人家的生活变得鲜活起来。当镜头转向渔船上的渔夫时，一段文采斐然的解说词娓娓道来：

豁达开放青岛，物产丰饶胶东，大海的出产，赋予这座城市独特滋味。不曾爽约的渔汛，又将在餐桌上掀起波澜。

在纪录片画面中，渔汛掀起餐桌上的波澜，与此同时，解说词也掀起了观众心中的波澜。诗化的语言能够升华观众的情绪，让人获得独特的审美体验。

三、叙述纪实式

叙述纪实式解说词比较“接地气”，贴近日常生活，语言流畅，通常是对某件事情前因后果的介绍，常见于生活纪实类的视听作品中。优酷与鑫桥传媒联合出品的大型人文纪录片《大地情书》展现了黑土地上的百姓在极端环境下不屈不挠的生活状态以及乐观坚强的精神品质，于 2020 年 3 月登陆优酷平台，豆瓣评分高达 8.8 分。第一集《寻宝小兴安岭》将镜头对准了世世代代依山靠山的跑山人，解说词在介绍跑山人这一称谓时非常平实朴素：

秋季，小兴安岭脚下的村民每天都要成群结队进山采集山货。每到这时，他们便多了一个称谓——跑山人。

语言风格朴素并不代表普通，在平实的叙述中加入真切的细节同样可以打动人心。在跑山人的故事快要结束时，解说词补充了一些不为人知的事情：

时间，在大山里是四季轮回的有序更替；在山里人家是顺景应时，日出而作，日落而息。山林赐予了人们丰厚的果实，人们也懂得感恩，反哺山林。采摘松塔，从不破坏树木是大家的共识。采完之后，要给松鼠留足够的吃食，也是大家心照不宣的传统和规矩。珍惜这片赖以生存的空间，是寒地黑土之上每一个人的家训和信念，对大自然的敬畏和保护，世代相传。

“从不破坏树木”“给松鼠留足够的吃食”反映了跑山人有所为而有所不为的长远发展观，让观众不由得为跑山人敬畏自然的崇高品质而感动。

四、活泼网感式

近年来，越来越多的观众倾向于选择网上观影，这让影片和互联网的关系也越发紧密起来。由互联网平台参与制作的纪录片如雨后春笋般出现在公众视野，这类影片通常自带网感，解说词以诙谐活泼的风格赢得了网民的喜爱。

哔哩哔哩和北京小河文化传媒有限公司联合出品的纪录片《但是还有书籍》于2019年首播，记录了许多爱书者与书有关的精彩故事，希望以新鲜有趣的视角和故事，点燃观众对于书的热爱，为人们提供一份快时代里的阅读指南。基于这样的主题和初衷，纪录片的解说词十分活泼，很容易让观众接受。在第一季第一集《书海编舟记》中，解说用戏谑的语言描述主人公的身份和工作状态，拉近了资深编辑朱岳与观众之间的距离：

朱岳，豆瓣秃顶会会长，小说家。他的作品荒诞不经，充满奇思妙想——手指被切除后安上面条的女朋友、胸腔里长有小型影院的“默片人”、靠阅读文学作品提高战斗力的刀客。相对于精神世界的丰饶，他的现实世界就有些……枯燥。

本科法律,做过三年律师的朱岳,却在一次应聘出版社法务的时候,稀里糊涂地做了编辑。在朱岳看来,写小说是当上帝,做编辑是当杂役。长期以来,他都以写小说为志业,而只把编辑当作糊口的手段。这样茫然颓丧的工作状态持续了近十年,直到朱岳遇到一本书——《寂寞的游戏》。

解说用“秃顶会会长”“荒诞不经”“刀客”“稀里糊涂”这些词形容一位文字工作者似乎不太专业,但正是这些略带调皮的语言,配合线条简约的动画,形成了“画风突变”的艺术效果,给观众带来了新奇的观感。

近年来,随着受众参与媒介的活跃度增加,网络热词不断涌现。互联网平台也不断推出独家制作的纪录片,这些作品天然具备网感。但追求网感并不是一味地堆砌网络热词,简单地迎合受众。真正的网感是在充分尊重作品选题的基础上,寻找与影片调性相吻合的词语,在叙述节奏的影响下,最终实现作品的审美风格。

第二节　解说词的艺术表达 >>>

解说词写作是一个艺术创作的过程,好的解说词能够在配合画面的基础上突破画面的限制,深化影片的内涵,提升影片的美感。解说词要为“看”而写,在谋篇布局、表现形式上与传统的文学创作有所不同。探索解说词的艺术特点有助于提升解说与画面的适配度,最大限度地发挥解说的艺术表达功能。

一、解说词的艺术特点

(一)听觉美感

在阅读传统文学作品时,读者既可以一口气把书看完,也可以翻来覆去地仔细品读书中的一些章节，不受时间的限制。而观看传统电视则没有那么自由，不方便反复回看，观众要在规定时间里同时接收画面和解说两方面的内容，就需要调动更多的注意力。人们的视觉被画面吸引，解说词自然地由听觉进行接收和处理。因此，要达到好的解说效果，解说词不仅要流畅自然，还要追求一定的听觉美感，让观众听起来音韵生动、节奏分明。

音韵优美是汉语语音的特点，要追求音韵的美感，就要注意文字的声调变化和平仄处理。人们对声调的研究可以追溯到很久以前，例如明代释真空《玉钥匙歌诀》将四声的特点概括为："平声平道莫低昂，上声高呼猛烈强，去声分明哀远道，入声短促急收藏。"现代汉语没有入声，以阴平、阳平为平声，以上声、去声为仄声。平声字调值较高，容易延伸，明朗而清晰；仄声字调值较低，比较短促，音感没有那么强烈。

在了解了平声和仄声各自的特点之后，我们可以在写作解说词的过程中将高扬的平声和低抑的仄声进行合理的搭配。在一句话中，汉字之间平仄相间，读起来比较朗朗上口；在一段话中，每一句话句尾的汉字平仄呼应，读起来抑扬顿挫。比如纪录片《书迷·一本书的诞生》对书籍装帧设计师朱赢椿热爱昆虫的解说：

自此，观察虫子成为朱赢椿的日常工作之一。进入昆虫的世界，化身为微观世界里的一分子，他看到了许多一般人看不到的有趣故事。他常常会花上几个小时，观察蚂蚁的日常活动，连续数日，追踪一起"昆虫纠纷"。

在这段解说词中，句尾的"一""子""纷"构成"平仄平"的韵律，配合轻快活泼的背景音乐和画面中可爱灵动的小虫子，营造了清新动感的氛围，带领观众重新认识昆虫世界的奇妙之处和设计师观察生活的独特视角。

除了音韵美，解说词的节奏感对听觉美感也十分重要。四字词语的使用可以让解说词听起来音节匀称、节奏鲜明。例如《如果国宝会说话》第二季第十八集《二十八宿圆盘圭表》的结束语：

木已腐朽，漆皮残存。时空，仍在漫天繁星中延伸；太阳，不过这两千亿颗亮点中的一粒。天行有常，周而复始，如期而至，是为天地之信，以利万民，生生不息。

二十八宿圆盘圭表背后的原理是古人经过数千年的观察、积累和改进探索出的宇宙运行规律，指导黎民百姓应顺天时、耕作有节。解说词中的四字词语起伏有致，节奏优美，如同四季轮回富有规律，带给观众听觉美的体验。

（二）用修辞增强听觉美感

作为一种修饰语言的手段，修辞能使表达更加生动，也能使观众接收信息的过程更加顺畅。因此，我们在考虑如何提高解说词的艺术表达能力，加强它的听觉美感时，应把修辞手法纳入其中。

1. 排比

排比是由三个或三个以上内容相近、结构相似、语气一致的词组或句子组成的句式，在形式上很有气势，能够给人带来听觉冲击。纪录片《一百年很长吗》讲述了中国大江南北手艺人的故事，贴近普通人平凡、曲折而温情的生活，揭示了生活的真谛。在第七集结尾，解说对“一百年很长吗”这个问题进行了回答：

一百年很长吗？它长得像一段忐忑未知的等待，短得像你脆弱时我拉住你的手；它长得像一段苍白困惑的青春，短得像一出古老的戏；它长成了一段捉襟见肘的日子，短如一个自信灿烂的笑容。

解说词用一组排比句对一百年有多长、一百年又有多短的问题进行了反思，层层递进，情感逐渐强烈，引起观众对人生的思索、对人生百态的感慨。

2. 反复

反复是连续使用相同的词语或句子，以达到强调内容、表达情感的作用。语句的重复能够给观众带来反复的冲击，使其留下深刻的印象，引导观众更深层次地领悟画面的内涵。纪录片《如果国宝会说话》第三季第五集《天衣飞扬》的解说词以第一人称的形式展现了“飞天”壁画的魅力，在开头使用了反复的修辞：

飘浮，飘浮，蔚蓝天空下，缤纷花雨中，溅起彩色的涟漪，那是我们在向上、升腾、起舞。我生在恒河流域，温润季风和沃土孕育了我丰硕的身体，我们享受两两相伴的欢愉，围绕着神祇与佛陀，香气袅袅间，司奏伎乐，能微妙音响，能作歌舞。

连续两个“飘浮”营造了空灵的意境，强调了飞天这一动作，在为壁画注入生命活力的同时也让观众体会到画中人物的动态美感。

3. 顶真和回环

顶真指的是两句话头尾相顶，前一句结尾的词语和后一句开头的词语相同，如“出门看火伴，火伴皆惊忙”。回环指的是前一句和后一句使用了相同的字词但位置互换，形成回环往复的效果，如“明中有暗，暗中有明”。一般来说，回环一定是顶真，顶真不一定是回环，不过二者都利用了前后两个句子共有的字词，使前后句关系更加紧密。

恰当地运用顶真和回环可以让解说词更富有整体感，在听觉上带给观众余音绕梁的感觉，让视听作品变得生动、有趣。纪录片《故宫100》第十九集《巧夺天工》描述了建筑中的斗栱结构，解说词巧妙地运用了数次顶真与回环：

一块像盛米的斗，一块像挽起的弓。斗上置栱，栱上置斗，斗上又置栱。结构千篇一律，造型却又千变万化。清代《工程做法则例》列举的斗栱形式，就有三十多种。斗托着栱，栱又托着斗，由一点绽放开去，使宫殿如同一棵参天大树，舒展、沉稳。

解说词“斗上置栱，栱上置斗，斗上又置栱”运用了顶真的手法，听起来节奏分明，很有层次，刚好映衬出斗栱层叠交错的结构美。“斗托着栱，栱又托着斗”运用了回环的手法，如同镜像，匀称和谐，表现出斗栱承托屋顶的稳定感。

4. 谐音

谐音指的是用语音相同或相近的字替换原本的字，让表达更加生动有趣。需要注意的是，谐音是一种比较口语化的修辞，在解说词创作中要视情况使用，不可让观众产生误解。纪录片《水果传》的第一集《变身》介绍了凤梨酥的制作过程，影片在开头首先向观众展现了位于广东湛江的一片菠萝田。在这里，解说运用了一个巧妙的谐音梗：

徐闻，中国大陆最南端的小县城，绵延二十万亩的菠萝田，相当于五个澳门的面积。每年，中国近一半的菠萝生产于此，人们称这里为“菠萝的海”，这里也是郭荣锦的最终目的地。

观众对于波罗的海并不陌生，它是世界上盐度最低的海洋，曾多次出现在地理课本里。画面里的菠萝田一望无际，绵延无边，确实像一片海洋，套用“菠萝的海”的谐音既幽默又生动形象。《水果传》自身的定位就是一部好看、好吃、好玩的纪录片，整体的基调轻松活泼，诙谐的解说和影片氛围十分协调。

二、解说词的艺术处理

创作一篇好的解说词要有方方面面的考量，内容上尽量充实，思想上具有深度，情感上有感染力。总的来说，解说词的完成度体现在创作者的艺术追求和艺术表达上。要提升解说的艺术性、增强解说的美感，除了掌握一般的写作方法外，还需要了解和运用视听文本写作的特殊技巧。

（一）巧用艺术辩证法

解说与画面相互依存、相互成全，但它们之间也存在很多对立的方面，例如动静、虚实、主次、刚柔、详略、形神等。在解说词的创作中，创作者适当地运用艺术辩证法，在对立中寻求统一，会赋予影片更加出色的艺术张力。在这里，对比和反衬是常用的修辞手法：如果画面本身很具体，解说就可以简略些；如果画面比较单薄，那么解说可以详细、深入点。同理，创作者还可以运用“以动写静”“以热写冷”等技巧提升画面的表现力。

文博类纪录片《我在故宫修文物》多次运用了虚实结合的解说方式，让历史和现实交织在一起，带给观众奇特的观感。例如，第一集对陶瓷组工作室的介绍：

他们工作的这块区域叫“西三所”，曾经是冷宫，王五胜走过的地方也许就是当年冷宫的妃嫔们走过的。

画面里的王五胜师傅刚好走进一个漆黑的门洞，周围墙皮斑驳，石头缝里长出了野草，呈现出一派荒凉的景象。解说对画面没有过多的描述，而是告诉人们这个地方“也许就是当年冷宫的妃嫔们走过的”，让观众自行想象过去发生在这里的一切。类似的，当铜器室王有亮师傅坐在后方注视着徒弟修复柜子时，解说这样描述：

乾隆的生母当年也许就像这样坐在这里欣赏过自己的柜子。

画面中，王有亮师傅正带着徒弟在寿康宫修复一个巨大的黄花梨柜子，这柜子原是太后珍藏珍宝用的。爬高梯的工作由年轻的徒弟扛下，师傅则坐在一旁总揽大局。解说再一次引导观众发挥想象力，体会故宫历史的厚重感和文物修复工作的使命感。

（二）把握语言分寸感

在解说词的写作过程中，创作者要注意把握语言的分寸感，避免把话说得太绝对，要留有退路，尽量适中、含蓄，做到“盘马弯弓，引而不发”，给观众留下思考的空间，让观众感受到深藏的潜力。简单来说就是点到为止，追求“言有尽而意无穷”的艺术效果。

《今生，请多指教》是一部感人至深的宠物纪录片，第一集《亲爱的》将目光对准一家大型宠物医院，记录了发生在这里的宠物与主人的生离死别。一只小狗在手术结束后呜咽着急切地要投入主人的怀抱，解说在这里温柔地反问：

真的，我们和它们又有多少区别呢？我们拥抱它们的手势，和拥抱爱人、拥抱孩子又有什么不同呢？它们看向我们的眼神，和我们的眼睛投向亲人、投向朋友的，又有什么不同呢？

三个连续的反问句缓慢而有力地引导观众体会宠物和人类之间深深的情感，留给观众思考和想象的空间。解说没有直白地表明观点，也没有轻易地下结论，而是带着尊重的态度和观众亲切、平等地交流，观众自然而然地在心中有了自己的答案。

（三）用解说表达情感

“真实地反映生活并不是纪录片创作的根本目的。纪录片创作的目的，在于表达创作者对生活具有主题意义的价值判断，并依此实现与观众的情感交流。”①视听作品并不是对事实的机械记录，而是包含一定的思想感情。由于画面难以深刻地表现出抽象的、复杂的情感，因此需要解说进行情感的抒发和意境的营造，从而打动观众的内心。

真情往往是通过细节来表现的，细腻的、富有感情的话语能体现出视听作品的人道主义关怀，也更适合与观众进行情感上的交流。例如在纪录片《航拍中国》第三季第七集《吉林》中，画面上有一组大雁的镜头，它们成群

---

① 钟大年. 再论纪实不是真实[J]. 现代传播(北京广播学院学报)，1995(2)：27-31.

结队,浩浩荡荡地飞过湿地,在天空中留下了优美的身姿。与之相应的解说词抓住家庭的细节,让人们和大雁的迁徙产生共鸣:

每到秋季,大雁会从遥远的西伯利亚动身来到珲春,稍做休整之后继续向南迁徙。家庭是大雁迁徙的最小队伍,即便是落单的大雁,也会被新家庭接纳,继续迁徙的旅程。一个又一个小小的家庭,组成了我们眼前庞大的队伍。

它们一次又一次飞越这片大地,每当人们抬头仰望,故乡和远方的模样都变得清晰。北雁南归,是永恒不变的约定,回家的路就在前方。

这段解说词让简单的画面变得立体、生动,让观众看到的不再只是一群大雁,而是一个个有人情味的家庭聚合体。自古以来,大雁南飞就和游子思乡联系在一起,如温庭筠写的"因思杜陵梦,凫雁满回塘"就抒发了作者的思乡之情。在这部纪录片里,解说借用大雁独特的意象营造出浓厚的怀乡之感,让人们回想起自己归家时的情景。

(四)简洁、凝练的表述技巧

一部视听作品的元素众多,需要画面、解说、音乐等各方面相互配合。在有限的时间里,简洁而凝练的解说可以展现丰富的内容。画面已经详细表达的内容,解说就不必赘述,应做到"此时无声胜有声"。好的解说应该能够帮助观众更好地理解画面,单纯地描述画面并不能让影片出彩。解说应用简短的语言点出画面中的重要细节,引导观众发掘其中的内涵,使影片立体、完整、有深度。

纪录片《人间世》抗疫特别节目第一集《红区》中有两句简短的解说词在细节上彼此呼应,带给观众很深的触动。一位隔离区患者需要转院做截肢手术,途中必须全程插管保证呼吸。医生们一路陪护,他们的手紧紧抓住病床的栏杆,解说这样描述:

上海的医生、武汉的医生,推着12床一步步向前走。

刚进到新的院区病房，患者又经历了一场急救，几位医生迅速配合，使患者顺利渡过难关。医生们走出大楼看见了美丽的樱花，喜悦地要在樱花树下合影，解说这样描述：

蓝色衣服的是上海的医生，白色衣服的是武汉的医生，他们一起拍了这张照片，却彼此不知姓名，也未曾见过对方的容颜。

解说在这里强调了“上海”和“武汉”两个地点，后者有难，前者支援，两座相隔数百公里的城市紧密地联系在一起。在第一个画面里，两座城市的医生共同推着患者与死神赛跑；在第二个画面里，他们在明媚的春光里笑靥如花。抗疫战线正是由来自五湖四海、素未谋面的医生们共同组成的，这两段凝练的解说词正是通过对细节的抓取，引导观众体会医者无私奉献和众志成城的精神品质，用克制的语言传达着温暖的情意。

第三节　解说词的审美选择 >>>

解说词除了有传递信息、表达思想感情等功能外，还有提升美感的审美效果。视听作品风格多种多样，解说词的美感也各不相同，这是创作主体审美选择的结果。美感是相对主观的，不过人们总体的审美特征是相似的，创作者应该按照一定的审美原则在相应的语境中选择合适的话语，使解说词生动贴切、深入人心。

一、意象美

画面是视听作品的基础，是作用于观众审美感知的符号。通过画面，观众可以了解人物的言谈举止和事物的发展情况。但如果想要表现深层的含义，仅仅有画面还不够，而解说词可以很好地架构具象和意象之间的桥梁，营造动人的意象美。例如纪录片《水果传》第一季第三集《滋味》对加工橄榄的描写：

将橄榄捣碎后，去核，加入盐、糖、甘草等调味，将苦涩在各种食材的碰撞中逐渐褪去，酝酿出丰富醇厚的全新口感。苦涩退场，幕布渐渐拉开，橄榄们脱胎换骨，甘甜最终酿成了诗和歌。

画面呈现的是具象的加工橄榄的每一道工序，人们用力地捣碎橄榄，纷纷扬扬洒下调味料，橄榄的表皮由青绿色变成褐色，最后少女手拿橄榄露出会心的微笑。这段解说词将橄榄的蜕变与诗歌联系在一起，打通了物质世界与精神世界的通道。尽管屏幕前的观众不能真正品尝到橄榄的清甜，但可以跟随解说的指引进行联想和想象，感受水果的甘甜滋味。

二、纪实美

解说词可以运用独特的叙事语言描述画面，诉说真实的人物或故事。写实的纪录片不同于电视剧或电影，需要完整的、逻辑清晰的情节设置，而是重在展示一个个过程。这些过程的片段可以带来事件真实发生的感觉，呈现纪实美的审美取向。但由于镜头的局限，创作者即使像监控一样 24 小时跟拍，还是可能错过重要的瞬间，基于真实的原则，摆拍也不可取。为了弥补一些关键的遗漏，影片可以调动解说，直接向观众传达信息，让观众体会到人物细腻的、真实的感情。

例如，海南卫视 2019 年出品了人物生活影像志《中国喜事》，整部片子没有旁白，剧情的走向完全顺着生活的节奏发展，剧情的推动依靠的是主人公的对白。他们面对镜头说的每一句话和脸上的每一个表情都自然而真实。第一集《良缘》讲述了一位婚礼策划师娜娜回乡下的老家为自己设计婚礼的故事，在解释娜娜这么做的原因时，影片运用了娜娜自己的回答：

毕竟我们都在外面生活，平时回来的时间特少特少，（自己设计婚礼）就是为了让父母扬眉吐气。

这种第一人称讲述式的解说词给人强烈的真实感，短短的一句口语化表达，配合冒着热气的蒸锅、朴素的室内陈设等富有生活气息的画面，让观众听到了主人公的心里话语，感受到纪实之美。后来，娜娜精心布置的婚礼装饰被大风吹乱，一切都得重新再来。这时，影片用娜娜未婚夫的话来表现娜娜的委屈：

一开始出这个事的时候，她没跟我说，她的性格比较要强，我知道她心里头肯定很失望，我得乐观点。

娜娜未婚夫温和的声音配合他抚摩婚礼装饰的动作以及站在门口的背影，很令人感动。娜娜和未婚夫的感情随着一个个温馨的镜头逐渐展现在观众面前。这其实是一句很直白的话，但正是这种耿直体现出二人相互理解、相互支撑的感情。婚礼的当天下了雨，湿湿答答的，策划的内容又要进行更改，但影片最后娜娜的一句话让观众揪起的心释怀了：

虽然因为雨取消了好多环节，但也算是我俩结婚以后一起去经历的一个小坎坷、小波折，挺有意义的一件事情吧！

这句话配合的画面是亲朋好友为新郎新娘举起红色的油纸伞，送他们一齐走入鲜花装饰的爱心之门。看到这里，弹幕里的祝福多了起来，“风调雨顺，百年好合”，观众和新婚的娜娜一样，不为下雨而遗憾，而是期待雨后的彩虹。

三、情态美

与画面语言相比，解说语言在视听作品中的抒情功能更强，在营造情感氛围时可以发挥更大作用，是文本的抒情主体。娓娓道来的解说配合情感氛围一致的画面，可以更好地引导观众体会影片的内涵，感受其中的情态美。

黑马体育制作的《足球少年养成》是一部集热血和温情于一体的纪录片，第二季聚焦于日本高中足球选手权大会，同时造访了日本传统体育名校，展现了比赛背后的教育和成长的故事。其解说词与画面相互配合，很好地传递了青春感、力量感、信念感，令人欢欣鼓舞。比如第一集《百分之一的入场券》，在各个县的比赛结束时，解说这样描述几家欢喜几家愁的场景：

和所有的比赛一样，当终场哨声响起，就一定会有胜者和败者。有时候你能捧起奖杯，和应援团挤在一起，恣意庆祝；有时候你只能站在一旁，品尝失败的苦涩。欢笑与泪水在阳光下同时绽放，挥洒着只属于青春的光华。

日本高中足球选手权大会的淘汰制非常残酷，有四千多所学校参加，只有不到五十个全国大赛的名额，几乎99%的孩子都要经历失败。但这样的赛制更加凸显出获胜的可贵和失败的遗憾。这段画面镜头在笑成一团的球队和默默不语的球队之间来回切换，调动了观众复杂的情感：既为胜者高兴，又为败者惋惜。而解说词“欢笑与泪水在阳光下同时绽放，挥洒着只属于青春的光华”升华了感情，无论输赢，都是青春最好的徽章，欢笑和泪水都令人感动。

又如第四集《青春的仪式感》中，在全国决赛落幕时，解说词对这一季的纪录片进行了总结，配合的画面是绿草茵茵的球场和琳琅满目的奖杯：

讲到这里，我们本季足球少年的故事也要告一段落了——几度胜利，几度失败，几度热血，几度泪流。我们随着青森山田见证了王者的再度回归，也为关川郁万令人遗憾的高中生涯感到痛楚。不过，少年们是否发现，在经历了重重考验之后，新世界的大门正在悄然打开。

这段娓娓道来的解说词将影片的情绪推向高潮，紧接着伴随鼓点密集的摇滚乐，足球少年们的新篇章次第展开，那些熟悉的面孔褪去了青涩，成为真正的职业球员。跟随解说回忆他们成长的每一个瞬间，观众能够深刻地感悟到足球的魅力、青春的美好，以及体育文化为学生时代注入的蓬勃生命力。

四、意蕴美

虽然解说词的写作需要参照画面展开，但它并不从属于画面语言，除了描述画面以外，解说词还有很多可以拓展的空间。解说词不仅可以营造画面的氛围、升华感情，还可以引导观众发挥想象，看到画面外的风景，感受深层次的美好，体会节目的意蕴美。解说词在营造意蕴美时可以尝试中国古典美学主张的"留白"技巧，不要写得太满，而是注重语言的空灵和段落的舒朗，做到形散而神聚，让人们自行领会言外之意。

在纪录片《人生第一次》的第一集《出生》中，一对名叫"春和""景明"的双胞胎历经重重险阻呱呱坠地，解说用一句简短却张力十足的话语欢迎这对新生儿，营造了温暖而充满希望的氛围，同时也留给观众无限的想象空间：

人生初见，春和景明。

在这个故事里，先天性心脏病患者向爽，要面临一场人工瓣膜手术，这台手术需要全身麻醉，自体心跳停止，借助仪器通过体外循环维持生命。但同时她怀有一对双胞胎，已经 27 周了，医生明确告知孩子的存活率很低。她在梦里梦到了孩子们的名字，取自《岳阳楼记》的"春和""景明"，如同命中注定般，心脏手术非常成功，一个月之后，这对健康的双胞胎兄弟来到了人世间。

在最后的画面里，向爽仰卧在病床上，偏头望向枕边的哥哥，她的丈夫怀里抱着弟弟，坐在一旁开心地笑着。解说"人生初见，春和景明"是对这幅温馨家庭图景最好的诠释，仿佛是在和两位幸运的孩子打招呼，又像预示着这个历经风雨的家庭终将迎来美好幸福的未来。

五、思辨美

视听作品的画面是动态连续的,难以向观众传达抽象的逻辑和深刻的道理。解说词则可以讲述事情的来龙去脉、前因后果,清晰地概括影片的中心思想。思辨性较强的解说词不仅能够让人们明白影片的人文取向,还能带来反思哲学的审美享受。

《手术两百年》是一部科学纪录片,展现外科手术的历史变化和医学的人道主义光辉。整部影片的解说十分克制,充满理性,在科普的同时引导观众思考医学的价值。第八集《手术未来》作为最终的篇章,在片尾进行了总结和升华:

自从诞生之日起,人类关于生命奥秘的探索就从未停止,而外科学也在人类这永无止境的探索自身和世界的过程中不断地向前发展。从把病人绑在手术台上敲晕或者灌醉到精准麻醉,从痛苦难忍的烙铁止血法到可以精准操作的手术机器人,从盲人摸象般的开腹探查到纤毫毕现的医学影像和显微镜……两百年来,作为医学之花的外科学次第开放,柳叶刀向着身体内部长驱直入,创造出一个个生命的奇迹。医学的理想是彻底征服疾病,尽管我们离这一目标依然遥远,甚至永远难以达到,但在科学与理性的引导下,怀抱着对生命的巨大热忱,今天的我们已经站在了正确的道路上,并且将继续奋斗,我们期待更加美好的未来。

这段解说词总结了外科学从混沌到清晰、从粗糙到精密、从愚昧到科学的历史脉络,点明了外科学的发展方向,把历史和未来连在一起,如同打开一扇窗户,带领观众从纵深的角度认识外科学的魅力和伟大之处,思考自己的生活与医学发展的联系,更理性地体会医学的崇高境界和医生无私奉献的精神,强化了观众对思辨美的审美感知。

第六章

解说词的写作技巧

第一节　解说词的写作要求 >>>

视听作品解说词的创作,宏观上追求四“精”:精确、精瘦、精致和精神。

一、精确

精确是解说词写作的基本要求。

精确,即运用恰当的词语,如实地反映客观事物,准确地表达创作者的思想、情感、意志、态度,符合画面展示的内容,信息传递“保真”。

在一般情况下,文字语言是历时性的,顺序展示语言的各个成分和要素;而画面语言是共时性的,同一时间展示多个要素。电视语言环境比单纯的文字和画面复杂得多。任何一个电视语言的要素,面对的都是一个立体、综合的语言环境。

视听作品的解说词要根据表达的需要,对词义的轻重、范围、褒贬、语体等加以仔细分辨，认真地推敲、斟酌，精心选用最合适的词语和语句，向观众传递准确的信息。

例如，纪录片《舟舟的世界》中的解说词："舟舟在乐团的首席朋友是刁岩。""首席"指最好的、处在最佳位置的，这里用来修饰朋友，既和舟舟、刁岩在乐团的身份相吻合，又突出了两人的关系，显得恰切而有趣。再如，纪录片《最后的棒棒》中的解说词："他们用厚实的肩膀，把一个城市挑进了新的时代。""挑"，指的是棒棒这个职业最常见的动作，而这里"挑"这个动词形象地描绘出棒棒们用肩膀承载的时代与记忆，深刻表现出棒棒们对整个城市走向新时代作出的贡献与努力，既与棒棒这一职业相呼应，又具有历史厚重感。

二、精瘦

精瘦，即用较少的词语勾勒出复杂的场面，渲染出特定的氛围，刻画出鲜明的性格，表达出丰富的内容。

电视节目制作的原则之一就是能够用画面表现的内容尽量用画面表现，要善于提高画面自身的叙事能力，只有在画面表现不了或者表现不好的时候才考虑使用解说，尽量不依靠解说和采访的二次解释。因此，解说词既要蕴含大量的信息，又不能拖泥带水，应尽量减少冗余信息。古人讲"文约而事丰"正是此意。

在纪录片《青海·我们的国家公园》第一集中，解说词对荒漠猫的描述简洁清晰：

祁连山是荒漠猫的主要栖息地，这种中国特有的猫科动物，极佳的视觉和听力能够发现75米外的鼢鼠。

由于普通观众对荒漠猫这个物种的了解非常少，所以解说对它的描述必须非常全面。但自然纪录片并不是生物教科书，解说既要全面，又不能太过详细地介绍这一物种。这句解说词用短短的一句话就交代清楚了荒漠猫的基本信息，包括它的栖息环境、分布范围、类目、生理特性和进食习性等，又不至于过于冗长复杂，使观众觉得晦涩难懂。

其实，电视画面本身就具有极强的表现力和叙事能力，所以解说词不是简单的画面说明和逻辑解释，看图说话式的重复解说是累赘。在总体介绍完荒漠猫的基本情况后，解说又对荒漠猫的外貌特征进行了一定的描述："藏匿于岩石、洞穴的荒漠猫还有一身伪装色，一般很难被人发现。"由于这时画面中正在播放红外相机记录下的野外实拍画面，因此解说并没有细致地介绍荒漠猫的大小、颜色和花纹等在画面中显而易见的信息。

三、精致

毫无疑问，解说词的主要表现形式依然是文学写作，其中蕴含着浓厚的文学色彩和丰富的文学表现手段。

精致，指韵律美和韵味美。解说词作用于观众的听觉，一个基本要求就是"好听"。解说词通过声调的变化增强语言的色彩，不仅能给观众在听觉上带来美的享受，也有利于达到感情上的共鸣。常用方法有：使用双音节词，句子整散结合、平仄相协、押韵等，尽量避免把声音相似的字组合在一起，避免词语的重复。

1938 年冬天，纷纷扬扬的，杭州下了一场好雪。西湖水面凝冰，冻住一湖残荷，孤山兀峙水中，恍若瑶台琼圃。正是雪中探梅的好时节，孤山脚下的中山公园却有人把守大门，许出不许进，显然今天有大人物要出场。白雪红梅中，衬托出一位满面春风的黑衣女人，看起来游兴甚高。

以上解说词出现在纪录片《西泠印社》中，这段解说词对 1928 年孤山冬景的描述充满了精致的文学之美，细腻诗意的文字给观众带来了一场仿若身临其境的时空穿梭之旅。

四、精神

精神就是指语言要生动、传神，令人听后为之一振。这是对解说词的一种更高的要求。解说词具有稍纵即逝的特点，因此，作者需要尽可能提高解说词的感染力，让观众产生强烈的印象。

解说词的创作不必刻意追求文字的诗化和哲理化，也不必在乎用了多少奇特的字眼，有时候朴实的语言也可以很生动，很有感情色彩。

纪录片《无尽攀登》对珠穆朗玛峰的描述就是一个非常典型的例子。这部纪录片记录了登山家夏伯渝靠假肢在69岁成功登上珠穆朗玛峰的动人故事。1975年夏伯渝加入中国登山队，在攀登珠峰时因帮助队友，导致自己的小腿被严重冻伤而截肢，但他并未放弃自己登顶珠峰的梦想。在经历双腿截肢、癌症侵扰、病痛折磨的43年里，夏伯渝五次冲击珠穆朗玛峰，凭借自己的坚持与热爱，最终在69岁高龄成功登顶，成为中国无腿登顶珠峰第一人。

这样坚韧动人的故事，解说词也应该是深沉而有力量的。

这里曾是一片海洋，四千万年后，她以世界屋脊闻名。人们在这里生活、祈祷、冒险、死亡。她依然在那里，观察着、等待着。

这一段解说词使用了简单短句的组合，并没有华丽的辞藻和动人的修辞，仅仅是平缓地叙述事实，却突出了沧海桑田的变迁，体现了大自然令人敬畏的力量和人类与珠峰的紧密联系，也为整个故事奠定了平实、有力、昂扬的精神基调。

第二节 解说词的具体写法 >>>

一、合理运用潜台词

解说词是为“看”而写的，其最大的作用是配合画面，将观众的注意力引导到画面上。所谓潜台词，是指文字没有直接说出来，但观众可以感觉、体会到的“台词”。它的表现主体既可以是人物，也可以是事物。

（一）人物内心潜台词

一个人心里在想什么，别人很难通过其外部动作和表情看出来，他的语言往往也很难描述完整的内心感受。尽管人物某些简单的心理活动可以通过画面展现出来，但对于忧虑、彷徨等复杂的心理活动，画面还是难以深入表现。

例如在纪录片《但是还有书籍》中，主人公编辑朱岳特殊的工作性质使得叙事画面较为平淡，加之他本人面部表情也比较少，画面无法充分表达人物的情绪。因此，在表现他面对图书出版这个夕阳产业的忧虑和坚持时，解说词“尽管现实常常让朱岳充满沮丧，精神恍惚，但在骨子里，他还在坚持自己的理想主义”，起到了表述人物情绪、推动叙述情节的作用。

（二）画面深层隐喻

画面本身具有“多义性”，画面语言经常采用模糊表达的方式，即用大致对应的，但又非确定的形象来表达抽象的思想。有时是象征性的，有时是隐喻性的。这较同步的、确定的画面表达，更具有一种启迪联想、生发体验的作用，也更适合表达抽象的理念。

一个象征的意义是模糊不清的,只能通过间接形式和观众的主观解读传递。电视作品是面向大众的,观众的个人经历、教育背景,甚至当下的情绪心境等都会影响他们对画面语言的解读。因此,为了尽可能准确地传达创作者的意图,解说词必须恰当地对画面的深层含义进行解释。

《作曲家刘炽》为延安人民打腰鼓欢庆胜利的画面配了一段意味深长的解说词:

如今刘炽仍然喜欢展鼓,许是因为打起腰鼓使他回忆起过去那些难忘的岁月,而且在腰鼓的震撼力里,常常让他感到一种民族的精神在召唤着他,这种精神融入了他一生的音乐创作中,也融入了他整个生命里。

这一段解说词不仅与画面遥相呼应,更体现出刘炽的民族精神和爱国之情。

值得注意的是,解说配合的技巧和介入的分寸感十分重要。过少过隐易使观众曲解信息,过多过明又会破坏画面的朦胧意境。如何把握这个分寸感?既要准确清晰,表达创作者的意图,又要注意分寸,不能破坏画面本身的隐喻,这就需要解说词撰稿人不断地提高文学艺术修养并进行大量的实践练习。

二、多用指示性代词

指示性代词是指示、区别人或事物的代词,有近指和远指的不同。近指用“这”,远指用“那”,可以单用,也可以组成复音,如“这个”“那个”等。

(一)引起观众兴趣

指示性代词利用语言的引导功能,既省略了繁杂重复的描述,又为解说其他内容提供了画面的基础和支点,同时,还可以设置一定的悬念,更好地吸引观众的注意力。当解说中出现“这种”“这样”一类词语时,观众会产生

“哪种”“哪样”的疑问，将注意力集中于屏幕。

纪录片《太空的见证》是中国首部卫星新闻纪录片。该纪录片首次使用了大量的卫星图像，因此，如何使解说词配合画面、强调画面，将观众的注意力吸引到画面上以了解本片的特色是解说词写作必须考虑的问题。

这部纪录片就很好地使用了指示性代词：

这也许是世界上最艰险的公路，短短 117 公里，穿越 6 个地质断裂带，400 多处地质灾害点，横穿雅鲁藏布江，几十米宽的江面曾是生死险途。

解说词中“这”字的使用有效强调了画面。画面中，卫星从高空鸟瞰墨脱公路，公路曲折险峻，极具画面冲击力。指示性代词引领着观众的视线转到这条险峻的公路上，从而进入故事营造的语境之中，形成了讲述的情境，也为后续的情感表达奠定了基础。

（二）避免重复

由于解说词是对画面的补充、解释、深化和引导，对画面已经呈现的形象再做描述是多余的，因此，利用指示性代词可以有效避免对画面的重复。

不少初学者习惯于对画面进行重复描述，但其实这是无效的，观众需要的是背景信息。因此，应该使用指示性代词将观众的注意力引向画面，让观众看到视听作品创作团队精心摄制的影像，以及影像蕴含的深层含义。解说词撰写者在此时更需要做的，是增补画面之外的信息，与画面形成互动，更好地传情达意。

（三）构成连贯意义段落

解说的重要作用之一就是连接画面和情节，使一组按特定顺序排列的画面构成意义段落。比如我们常听到解说词中有“这个人”“这些东西”等词语，如果单独看画面或听解说，这些很可能与前面的解说毫无关系，因为它们承接的是前面的画面镜头。

例如，在新华社出品的纪录片《共同的追求》中，彝族老乡在慢火车上买卖商品的画面就是一个非常典型的例子。解说词写道：

它在行驶当中，这些老乡拿上来的东西都可以相互在车上吆喝起，还没到站就已经把钱放进了自己的腰包里。

因为在火车车厢中堆满货物、直接交易的场景是大部分人从未见过的，如果单独看画面，许多观众无法理解。这段解说词巧妙地使用一个指示性代词清楚解释了画面意义：车厢中堆满的家禽家畜等“这些东西”都是老乡拿上来的。

此外，电视语言的要素非常丰富，除了画面，同期声和后期配音都具有非常重要的作用。同理，“这首歌”“这段话”等解说词承接了电视语言中的声音元素。

电视语言的要素并不都是独立的、连贯的，它们可能前后交错，彼此关联，组成明显或隐匿的段落。如果把各个手段拆开来看，只能看到零碎的内容。因此，在解说词中恰当地使用指示性代词是非常重要的。

三、段落间相对独立

在进行一般的语言创作时，句与句之间的逻辑关系、段与段之间的起承转合都是非常讲究的。而对解说词来说，相邻段落传达的内容，可能是毫无关系的。这是因为缺失的内容正是解说词不擅长或不需要表现的内容，一般由画面、声音或其他表现元素承担，所以解说词的段落往往是相对独立的。

例如，纪录片《星际杀手》以一名私家侦探的视角，讲述了他在全球科学家的协助下，追踪动辄毁天灭地的宇宙灾难，并找到破解它们的办法的故事。这是一部科普类型的纪录片，有很多知识点需要靠解说词进行解释和说明。在这种情况下，解说词的任务更多的是负责每一个知识点的解释，而非构建完整的天文知识谱系，因此这部纪录片的解说词各段落是较为独立的。

在《星际杀手》对黑洞“事件视界”的描述中，解说词配合小船滑落进水洞中的画面，将一个完整的句子切分成几个短句，不仅更好地配合了画面，还给了观众更多时间理解黑洞这一复杂现象。

在远离黑洞的地方，引力相对较小，这股力量比较容易抵抗，(物质)能够向反方向前进并最终逃离。但随着距离越来越近，空间的流动会逐渐增强，抵抗这股力量会变得越来越难。直到突然到达一个叫“事件视界”的临界点，就再也无法逃离。

在介绍完黑洞名称的由来后，解说词并未就此继续展开，而是转入下一个段落，进入叙述者私家侦探的独白，衔接不同的知识段落。

以纪录片为代表的视听作品，在用影像表意的过程中，其实是由声画构成的整体在传递意义。因此，解说词作为影像系统的构成元素之一，与其他元素一起完成意义的建构和主题的表达。段落和段落之间的意义缝隙，并不是创作者的疏漏，恰恰是创作者充分调动各种视听元素之后的设计。

四、避免长篇大论

解说词只是视听作品的一个表现元素，其解释、说明、补充的作用导致它的每一个段落都相对较短，不需要事无巨细，点到为止即可，主要起画龙点睛的作用。过于冗长的解说词，会显得画蛇添足。

例如，纪录片《我在故宫六百年》以午门作为楔子，介绍故宫：

午门，一直是紫禁城最重要的入口。从帝王将相到寻常百姓，它见证了这座古老宫殿的全部历史和几乎所有的过客。

这句解说词并没有详细地介绍午门的位置、历史典故或其他详细信息。

对于中国观众而言,午门属于文化常识,在故宫的语境中无须进行过多介绍。若扩展加长本句解说词,不仅画蛇添足,更会破坏纪录片整体含蓄、典雅的叙事风格。

五、善用修辞手法

修辞是解说词写作中非常重要的技巧。现代修辞学代表人物肯尼斯·伯克认为,修辞铺设了意义理解的通道。抽象的概念、生涩的理念、动人的情感,如果用解说词直接表达,或许会让受众难以理解,又或者失去了解读的乐趣。通过修辞的设计,观众可以顺着辞格的感受,完成与创作者的意义共享。本书的下一章节将详细介绍解说词的修辞,在此则不再赘述。

第三节　解说词写作注意事项 >>>

一、画面长度与解说词字数的关系

解说词从画面出发,来自画面、依赖画面、补充画面。因此,解说词的写作也要以画面为主,不仅要做到"四精",正确地描绘画面、传达画面蕴含的情感力量,还要注意配合画面。这一任务的首要要求就是解说词不能"压"画面,具体要求有以下三点。

(一)缩短段落

较短的段落,不仅有利于统计字数、计算时长,也能让配音人员在后期配音时更自如地调整语速,方便后期工作者对画面和同期声进行准确定位。

正如前文所述,解说词是视听表达的众多手段之一,尽管可以统领整个视听作品，但在表意中，又要与其他元素合作共生。因此，创作者要摒弃长篇大论的做法，尽量把解说词的段落缩短，言简意赅。同时，要发挥出画面、同期声、人物采访等其他元素的功能，形成完整的叙事矩阵。

（二）使用短句

短句以7—8个字为宜，最多十几个字，一定要出现标点符号。

电视纪录片传递信息以口语为主，它与书面语言有很大的不同。创作者洋洋洒洒写了几十个字，却一个标点都没有，这是不符合说话规律的，不仅配音人员读起来力不从心，观众听起来也会感觉精神紧张，抓不住重点。例如：

当我们跨越十六个世纪和三百多公里的时空将摄像机的镜头对准一个多种文化叠印下的社会——南诏政权时……

很明显，这段解说词过于复杂和冗长。

纪录片《但是还有书籍》对主人公朱岳的介绍就巧妙地使用了短句，将完整的长句子拆成一个个独立的词组和短句，言简意赅，充满了节奏感，不仅展现出一种无奈下的幽默，而且很好地表现了人物性格和故事情节。

朱岳，豆瓣秃顶会会长，小说家。他的作品荒诞不经，充满奇思妙想。手指被切除后，安上面条的女朋友；胸腔里，长有小型影院的“默片人”；靠文学作品，提高战斗力的刀客……相对于精神世界的丰饶，他的现实世界就有些，枯燥。

可以看出，这段解说词不仅句式较短，断句有趣，而且措辞精妙，形成了风趣幽默的写作风格。

（三）有针对性

无论解说词长短如何，一定要为画面服务。只有这样，才能使影片“眉清目秀”，层次清晰。例如纪录片《但是还有书籍》中的这句解说词：

从不遗余力地挖掘新作品，到不择手段地推销书，他希望以好作品来抵抗语言和文化的劣化，也努力让纯文学在商业上能运转下去。

整齐流畅的文字配合主人公在出版社埋头于书案工作和在书店广交朋友推销书籍的不同状态，既解释了画面逻辑，又富有层次。

二、数字的形象化处理

在视听节目中，经常出现大量的数字，尤其是在经济报道、成就报道等相关的节目中，数字出现得相当频繁。这些数字信息非常抽象，很难用画面做准确的说明，基本上都需要通过解说进行解释。记录了北京大兴机场建设全程的纪录片《大功告成》就是一个使用大量数字的典型案例。

在数字的使用上，我们需注意以下几点。

（一）宜粗略，不宜精确

从观众的接受心理来说，越简单的东西越便于记忆，因此对于不需要观众准确掌握的数字，应尽可能降低其解读和记忆的成本。但如果该数字对内容的解读有着明确的参考价值，那么解说词也应该予以体现。

纪录片《大功告成》的第一集《蓄势待发》中就有这样的例子：

16 年论证选址，4 年时间，中外设计师通力协作，设计施工图纸 20 多万份，54 个月的建设工期，总参建人数多达几十万。

为了表现大兴机场项目难度之大、历时之长，短短的一句解说词使用了 5 个数字。在这 5 个数字中有两个约数和 3 个确数。显而易见，建设工期较之设计图纸和建设人员数量对观众而言更有意义。约数和确数的混合使用，既可以让观众直观地感受到大兴机场建设的难度，又不会造成额外的信息接收负担。

（二）善用数字，使用参照物

当涉及较大的数字时，观众往往不能在短时间内理解和把握，这时就需要对数字进行形象化处理，找到观众熟悉的参照物，使观众更容易理解。

例如，纪录片《大功告成》对大兴机场的面积描述就采用了这个方法：

大兴机场航站楼综合体建筑面积140万平方米，相当于3.2个天安门广场，未来它将成为全球最大的空港之一。

当描述面积的数字达到百万级别的时候，人们是很难迅速建立起对应的空间概念的。而有了与天安门广场这样的参照，就能让观众快速、清晰地理解大兴机场的大小，也为后续展开大兴机场的建设故事埋下了伏笔。

三、谨慎使用简称

简称，就是较复杂的名称的简化形式，是为了人们日常使用的方便称呼。简称在日常生活中应用得非常广泛，如“2022北京冬奥会”就是“第24届冬季奥林匹克运动会”的简称。然而，写作解说词时，对于简称还是应多加注意，谨慎使用。

（一）简称的使用应遵循社会约定俗成的惯例，不能自己任意“发明”

电视面对的是数以亿计的观众，巨大的影响力使它在民族语言的规范和流行方面有着不可小觑的影响力，因此，荧幕上语言的使用必须规范、遵循社会约定俗成的惯例，不能自己任意“发明”。比如，将“中国传媒大学”简称为“中传”是合适的，但将“上海吊床场”简称为“上吊场”就不合适了。此外，虽然以数字代称专有名词是一个较为常见的现象，但也要注意使用的惯例。如将“八荣八耻”简称为“八八原则”就让人无法理解。

(二)注意词语的时代性

语言是时代的产物,每个时代都有自己特定的流行语。相应地,这些流行语也被深深刻上了时代的烙印。

首先,解说词的写作应该根据画面内容的时代,挑选相应的合适的词语。如“斗私批修”“三忠于,四无限”等这样带有明显时代色彩的词语,今天的年轻人可能并不理解,在解说词写作中应尽量减少使用。但是,若画面内容就是关于该时代的故事,使用这些词语反而更加合适。

其次,大部分解说词写作都应避免使用过于陈旧或过于流行的词语。正如上文所述,电视拥有巨大的影响力,受众年龄跨度大,上至耄耋老人下至垂髫小儿都是电视的受众。像“爷青回”“YYDS”等新近出现的互联网简写词对青年人等互联网重度使用人群来说是非常容易理解的,但对广大中老年人和少年儿童来说有可能不知所云。

(三)注意大众接受度,避免使用有明显地域与行业特点的词语

在社会分工越来越精细化的现代社会,技术的进步和行业的深耕带来的反而是不同工种人群间越来越深的壁垒。因此,在面向大众的电视节目中,解说词写作应避免使用有明显地域与行业特点的词语。若无法避免,应对该名词进行合理的解释。

如医疗卫生系统就有一套自己的简称,在新冠肺炎疫情期间,ECMO(体外膜肺氧合)和CRRT(持续肾脏替代疗法)逐渐被大众了解,但是在过往的节目中,这种简称很少使用。

(四)注意使用场合

有的场合需要使用全称,就不要使用简称。在严谨、庄严等语境氛围中,解说也需要对简称的使用进行调整。如在重大事件的相关报道中,开场

词以及结束语的部分就不宜使用简称。

同时,要具体问题具体分析。如在大部分情况下将中华人民共和国全国人民代表大会和中国人民政治协商会议统称为“两会”是合理的,中央广播电视总台就曾推出“两会特别报道”。但是在分别介绍这两个会议的时候,使用“两会”就不恰当了。

四、避免使用同音不同义的词语

解说词是通过声音传达意义的语言形式,而语言中同音不同义的现象经常发生,如“全部”与“全不”,“切忌”与“切记”等,解说词需格外注意同音词的处理,一旦处理不好,可能引发严重的后果。比如,“吃田鸡可以 zhì’ái”就可以有“治疗癌症”和“导致癌症”两种理解,可谓一字之差,谬之千里。

五、解说词要求必须规范

(一)读音

电视的受众广泛,影响力巨大,因此语言表达必须规范正确。

1. 读音正确,表意真实

例如,蓓蕾的“蓓”字只有一个发音“bèi”,我国有一位著名的影视演员的名字中就有“蓓”字,一些视听节目误读成“péi”,导致许多人都将其念成“péi”。

此外,在使用民族语言或外语时,解说词写作者要注意后期配音或对字幕进行相应的处理。在我国人类学纪录片的代表作之一《最后的山神》中,当萨满孟金福捕获猎物后,他开始虔诚地用鄂伦春民族语言感谢山神。在这里,纪录片以“解说词介绍背景 + 字幕翻译原文”的方式进行处理,如“每次打到猎物，他都认为是山神的赐予”，既解释了祷词内容，又表现了鄂伦春人对自然的敬畏。

2. 具有音韵美

汉语字音分为声母、韵母、声调三部分。韵母又可以分为韵头（介音）、韵腹（主要元音）、韵尾三部分，其中韵腹是每个字音不可缺少的。比如“表”这个字音是 biǎo，声母是 b，韵母是 iao。在韵母 iao 里，i 是韵头，a 是韵腹，o 是韵尾。有些字音的韵母只有韵头和韵腹，没有韵尾，例如“铁”tiě 等；有些字音的韵母只有韵腹和韵尾，没有韵头，例如“狗”gǒu 等；还有些字音的韵母只有韵腹，没有韵头、韵尾，例如“巴”bā 等。

与声母、韵母有关的，在音韵学上还有两个重要的名称——“双声”和“叠韵”。所谓“双声”，就是指两个声母相同的字，这两个字一般可以合成一个双音词。例如“仿佛”fǎngfú 这个双音词的声母都是 f，又如“蜘蛛”zhīzhū、“辨别”biànbié、“含糊”hánhu、“忐忑”tǎntè、“流离”liúlí 等。所谓“叠韵”，就是指两个韵母相同的字，这两个字一般也可以合成一个双音词。例如“葫芦”húlu 这个双音词的韵母都是 u，又如“泛滥”fànlàn、“螳螂”tángláng、“从容”cóngróng、“经营”jīngyíng 等。不过有时候两个字的韵母部分只要韵腹、韵尾相同，不管韵头怎样，古人也把它们算作叠韵，例如“堂皇”tánghuáng 这个词的两个音节的韵腹、韵尾是相同的“ang”，但是后一个音节有韵头 u，前一个音节没有韵头。古人作诗选字用韵的时候，通常只要遵守这个原则——字音的韵腹、韵尾相同——就行了。例如李白的《望庐山瀑布》：“日照香炉生紫烟，遥看瀑布挂前川。飞流直下三千尺，疑是银河落九天。”“烟、川、天”是诗人用韵的字，按照今天普通话的读音，“烟”和“天”的韵母是相同的 ian；而“川”的韵母是 uan，与“烟”“天”二字比较，只是韵腹、韵尾（an）相同，而韵头不同（一为 i，一为 u）。但李白将这三个字用作押韵字，听起来仍然十分顺耳。

听觉是观众在观看纪录片时重要的感觉，因此在写作纪录片解说词时要注意使语句具有音韵美和节奏感，多使用和韵的词语。例如在本章提到的纪录片《西泠印社》中，解说词写道：

1928年冬天，纷纷扬扬的，杭州下了一场好雪。西湖水面凝冰，冻住一湖残荷，孤山兀峙水中，恍若瑶台琼圃。

在这段解说词的前句中，“纷纷扬扬的”停顿处理与叠字使得解说词同时具有了节奏感和音韵美；而后句中“凝冰”“残荷”“兀峙水中”等和韵词语的使用也为解说词增添了一份韵律美感。

（二）不出现语病

语病是指行文中不合逻辑或措辞失当的问题。解说词承担了连接画面、理顺叙事逻辑的作用，语病的存在会大大影响观众对纪录片的接受和理解。

写作解说词时不能出现张冠李戴、望文生义等常识性错误，如“亚马孙河是世界上最长的河流”（世界上最长的河流是尼罗河），“1985年4月，切尔诺贝利核电厂第四号反应堆发生爆炸”（应该是1986年4月），等等。

此外，解说词的词义有轻重、大小、明暗、褒贬之分，要仔细推敲辨析，以免贻笑大方。如“差强人意”就是一个容易用错的成语，指大体上还能使人满意，含褒义，但常被误用作贬义。

中国文化属于高语境文化，汉语词义丰富。词义就是词的语音形式所负载的全部信息内容，包括理性意义、附加意义和语法意义，一般所说的词义指理性意义和附加意义。理性意义反映了人们对外部世界客观事物本质特征的认识，附加意义指附着在理性意义上的感情色彩、语体色彩与形象色彩等。

在中国新闻奖的参评作品中，曾经有一件作品的标题为《无事可做的“鸟单位”早该精简》。在作品审核过程中，有专家提出，“鸟单位”的意指不明确。经细查发现，“鸟单位”是指当地的农林局，而之所以叫“鸟单位”，是因为“其下属单位一个月工作就围绕着救一只鸟”。当年新闻奖的审核专家认为，尽管该报道的立意没有问题，但“鸟单位”的措辞含糊不清，且容易引发粗俗联想，判定为差错，该作品最终没能进入终审环节。

因此，对于词语的选择，我们需要慎之又慎，不仅要使理性意义和语法意义合乎规范，也要谨慎考虑附加意义，防止措辞不当。

第七章

解说词的修辞手段

第一节　使用修辞手段的必要性 >>>

视听作品以声画结合为主要表达方式，画面语言是基本语言。解说词作为一种听觉语言，对画面起着支撑和解释的作用，而修辞则是解说词写作中极为重要的应用手段。

美国修辞学家肯尼斯·伯克指出，人类是修辞的动物。修辞是文学创作的一种常用手法，通常指创作者根据特定的情境和主旨，有意识、有目的地选择和运用语言材料，以达到理想的表达效果。修辞的运用能够让文本内容生动鲜活、准确简洁，也能直观地表达情感主旨，还能传达作者的思想内涵。

修辞广泛应用于各类艺术作品中。在解说词写作中，修辞的运用十分常见。和诉诸视觉的报纸、书籍以及诉诸听觉的广播相比，影像具有视听并举的特点与优势。在听觉方面，用修辞来提升解说词的语言表现力极具重要性及必要性。

此外，根据斯图尔特·霍尔的理论，语言可以通过直接意指层和含蓄意指层的建构，达到对受众意识形态的建构。相较于画面的多义性，解说词直接而准确。通过修辞的搭建，作品可进入多层表意空间，更有力地传递价值观。

一、电视传播转瞬即逝的特点要求解说词具有形象性

电视媒体的传播具有线性的特点，转瞬即逝，保存性差。因此，人们对电视传播的内容很容易遗忘。解说词随着电视画面的播出而变，同样是线性传播。为了使观众理解传播内容，让解说词具有形象性、感染性是一个重要的方法。

二、文化作品艺术性的特点要求解说词具有美感

视听作品具有文化属性，对艺术性、观赏性有较高要求。随着视听作品的发展，人们开始追求节目画面的美感。由于视听作品的艺术表现力在很大程度上取决于解说的艺术感染力，因此除了对画面质感的不断追求之外，解说词也变得越发重要。优美贴切的解说词能够提升电视节目的品质，将观众更好地带入情境，强化节目效果。电视工作者应该有意识地在解说词中融入修辞手法，让平淡的解说词变得更加生动出彩。

第二节　影像修辞的总体特征 >>>

一、视觉与听觉的统一

视听语言分为视觉语言和听觉语言两大类（图 7-1）。视觉语言包括动态画面、静态画面和字幕。动态画面，即一系列画面的蒙太奇组合，主要功

能是叙事和表现事物的发展;静态画面,指以定格拍摄、重复等手法造成的静止感觉的场景;字幕,包括标题、时间、地点、人名、物名、数字、诗文、被采访人的话等,具有传递信息、突出主题、补充细节和渲染氛围等作用。听觉语言包括言语、音响、音乐、同期声。言语,主要指被采访人的讲述、解说词、主持人的话等;音响,长于表现空间、环境、氛围、情感、意境等;音乐,多用于抒情与写意;同期声指的是从现实生活中摄录,并随着电视画面同步发出的声音。同期声包括人物的有声语言、人与环境碰撞发出的声响、自然环境发出的声响、现场的有源音响等。在一定程度上,音乐与同期声均能烘托环境氛围。在视听作品中,视觉语言与听觉语言相辅相成,各司其职。视听兼备、声画并茂的视听语言,不仅可以使观众获得更多的信息量,而且可以使观众真实、立体地感受到事物的特征,全面而深刻地认识事物、感受事物。

例如,纪录片《风味人间 · 山海之间》在讲述经典淮扬菜大煮干丝时说道:

毫发般的细丝,浸入以火腿和母鸡熬制的高汤,片刻出锅,既保持干丝应有的柔韧,又最大限度汲取火腿的精华。

将干丝比喻成毫发,配合画面上抖动的干丝,视觉与听觉相结合,让人感受到干丝之细、刀法之神妙。

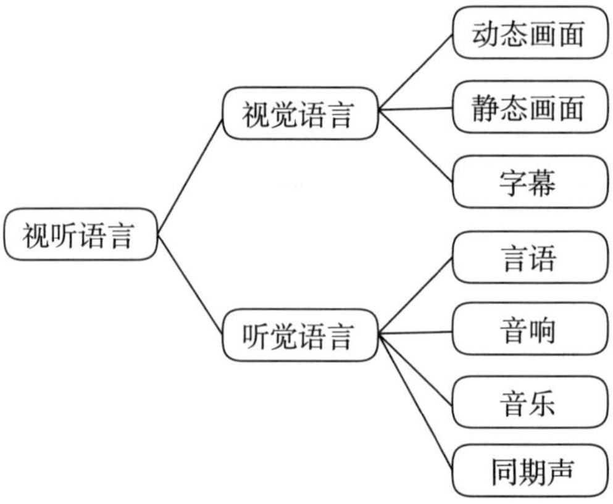

图 7-1　视听语言分类

二、具象与抽象的统一

视听艺术具有寓理性于感性,寓抽象于具象的特征。视听作品是对现实生活的模拟、记录以及“再度创造”,这些均能呈现出一种具体可感的形象。通过作用于视觉的画面,作用于听觉的音乐、音响等元素,视听作品直接刺激人的感官,使人们能够听其声、观其形。而在直观可感的形象背后,创作者想要传递画面之外的深层内涵,则需要通过文字语言的辅助,调用抽象思维。通过对图像、同期声、音乐、音响及解说词等视听元素进行有机组合,可以创造更多的表意空间,实现从形象到抽象,从感性到理性的升华,让观众看到“看不到”的影像,听到“听不到”的声音。

例如,纪录片《寻找手艺》中讲到交通工具羊皮筏子,展现了游客在风景区湖面上乘坐羊皮筏子的画面,但是在黄河上漂流是什么感觉呢?解说词说道:

现在,想象一下乘坐羊皮筏子在黄河上漂流是什么感觉吧!为了省钱,只能选择靠想象来漂流黄河了。

配合画面上黄河湍流的景象,抽象的感觉通过解说词和画面一下子传到观众心中。

三、时间与空间的统一

视听艺术既有时间艺术所具有的叙述性形式,又具备空间艺术的造型性形式。它在时间延续中展现空间造型的魅力,在空间造型中展现时间延伸的过程。时间与空间的转换,在视听语言中紧密交织在一起。影像艺术的魔力在于可以通过声画的配合,搭建一个虚拟的世界,完成时空的再造与统一。例如,我们可以在几分钟内完成对人类千年文明的回顾,也可以用几十分钟来聚焦一个转瞬即逝的自然现象。而这一切,都有赖于创作者通过对视听语言的综合运用,将现实中不同的时间和空间自由地分解,并采用修辞的方式使其重新组合在一起,从而创造出一个完整的艺术时空。

例如,纪录片《航拍中国》在每集的开头会用一两句话介绍全省的地理情况,第三季第二集在介绍安徽时说道:

安徽省地处华东地区,跨越了中国的南方与北方。长江与淮河两条水系,将安徽分成了皖南、皖中和皖北,黄山傲立在皖南山地之中。省会合肥坐落在全省的中心,皖北平原则孕育出了中国的百亿粮仓。前往安徽的旅程从黄山开始:发现黄山松特立独行的秘诀,乘坐小火车登上黄山之巅,跟随山顶气象站的指引,飞入云海一览壮美黄山。

解说词配合画面上的地图和指引线,将整个安徽省的地理特征展现在观众眼前。

四、感性与理性的统一

视听艺术是对自然界和社会生活的真实记录和反映,无论哪种类型的视听节目,都要借助视听语言,有目的地精选锤炼、结构组合,向观众传递信息、叙述故事、抒发感情。在表情达意的过程中,不同语言要素诉诸的沟通方式不尽相同。譬如,画面具有直观性、形象性的特点,侧重给观众感性的认知,而解说词、字幕等文字要素,则需要观众调动抽象思维进行联想与想象。创作者只有结合这两种不同的表意特点,进行有针对性的创作,才能获得理想的传播效果。

第三节　解说词的语言修辞手段 >>>

一、比喻

比喻就是打比方,是言语交际中最常出现的一种辞格。它使语言形态鲜活生动,把抽象深邃的语言内容具象化、日常化,使接受者“摸得到”“看得见”,想象得出。恰当的比喻能给接受者留下鲜明且深刻的印象。在视听作品解说词中,比喻是最常见的修辞手法。

比喻具有以下作用:

(一)化抽象为具象

比喻的结构中有本体和喻体,表现的对象叫“本体”,作比的事物叫“喻体”。本体是要说明的事物,喻体是用来作比的事物。语言是抽象的艺术,许多词语、概念、理论、现象往往不能被人直接理解,这些事物构成了本体。比喻需要把本体与容易被人理解的喻体连接起来,抓住两种不同性质事物的相似点,把具体的内容描写得更形象,把枯燥的内容表现得更生动,把抽象的内容解释得更具体。

例如,纪录片《河西走廊》在开篇介绍河西走廊的地理位置和整体面貌时说道:

在今天的中国版图上,我们可以看到一个由西北至东南走向的省级行政区划。甘肃省,是中国西部的一个省份,形状犹如一支“如意”,它的中段是一条地理大通道。

结合视觉上的地图形状,再通过解说词形象的比喻,观众一下子就明白了河西走廊所处的地理环境及形状,且印象深刻。“如意”是中国传统文化中的器物，具有祥瑞等符码色彩。将甘肃的地形比作如意，既可以将其转化为观众容易感知的事物，又突出了作品的历史感和情感色彩。

解说词通过贴切、灵巧的比喻，可以将抽象的事物表达得自然且清晰，从而增加事物的形象性、生动性和感染性。

（二）引发联想和想象

比喻的修辞手法除了化抽象为具象外，还能引发观众的联想，在观众脑海中形成画面，给观众传递超脱于视觉画面的想象画面，从而增强观众的情感体验。

例如，纪录片《水果传》第二季介绍巴西莓时说，“做成果浆后带着一股淡淡的坚果香，吃起来有一抹雨后森林般清新的味道”，将巴西莓果浆的味道比喻成“雨后森林”的味道，突出了果浆味道的清新，很容易让屏幕前无法品尝巴西莓的观众产生联想，带给观众有趣的体验。

（三）渲染氛围与意境

意境在我国的古典美学中占据着重要的地位，一些抒情性的作品营造的意境能够让人们领悟出“景外之景”，从而起到洗涤人们心灵的作用，使人们获得余味无穷的美感。纪录片解说词中比喻修辞的使用也能够达到这种效果。

例如，纪录片《但是还有书籍》第二季第一集开头就用了一连串的比喻：

图书馆，一个城市最安静的角落，却涌动着最活跃的思想。它保存着文明的火种，也滋养着未来的新知；它是一些人休憩心灵的桃花源，另一些人眺望世界的窗口；它是迷宫，是港口，也是乐园。

这段解说词将图书馆比作桃花源、窗口、迷宫、港口、乐园，解读出图书馆的不同功能、图书馆对于人们的多层意义，图书馆宁静的氛围便包围着观众，观众心中涌动着徜徉在知识海洋中的快乐与平和的情绪，这种气氛为整个片子奠定了基调。

二、拟人

拟人是解说词写作时常常使用的修辞手法，即把物当作人来写，赋予物以人的情态和动态特征。这种修辞手法常常出现在自然科学类的视听作品中，目的是使抽象、枯燥的内容表达得更形象生动。

拟人具有以下作用：

（一）提高趣味性

拟人的使用可以使枯燥的内容更加活泼有趣，提升观众的观看兴趣。

例如，北京国际电影节作品《鹭世界》在描述两只鹭抢一条鱼时，为其中一只鹭配上解说词：

不就是一条鱼吗？抢就抢吧，干吗打人，小泽一又饿又委屈，像每个走向独立的孩子一样，活着是追寻梦想的前提。

"饿""委屈""追寻梦想"都是人类才有的情感，鹭抢食原本是动物世界的竞争行为，解说词通过这样拟人化的表达，使简单的抢食场面因小泽一的主观情感而变得有趣，吸引观众继续看下去，看看小泽一是如何成长的。

（二）引发观众共情

通过赋予事物以人的情感，视听作品将事物与人相连接，从而引发观众的共情。

例如，纪录片《人生一串》中说：

鸡翅让花生酱久等，为的是相逢一刻的缠绵。每一次轻轻舔舐，都是油脂之间的再次碰撞，激发出双倍的甜香，最后撒上芝麻，让香味具有了颗粒质感，增加了入口的味觉情趣。

加了花生酱的鸡翅，仿佛不再是单纯的鸡翅，而是有着前世今生的生命。简单的两句话，赋予了鸡翅和花生酱以人的“缠绵情感”。同时，这段解说词呼应着后文：“最好两位密友来吃，点单要有荤有素，五味杂陈，在雨停之前，细心打捞出一段刻骨铭心的情史，才对得起古趣的款款情深。”显然，花生酱和鸡翅就如同这两位密友，感情深厚，引发观众对亲密关系的共情。

在使用比喻和拟人时，不仅需要两者在表面上存在一定的共同点，在本质与神情上也必须具备相似之处，只有这样才能揭示出表达内容的实质意蕴。

三、对偶与排比

解说词比较多地使用对偶句或排比句，因为这两种修辞方式可以通过语言整齐的排列或工整的对仗，产生一种互相连带、依借和呼应的气势，形成积累、延伸或对比的效果。

对偶是用字数相等、结构相同、意义对称的一对短语或句子来表达两个相近、相同或相对意思的修辞方式。其特点是语言凝练、句式整齐，富有节奏感和音韵美，使两方面的意思相互补充和映衬，加强语言效果。

排比是指将结构相同、语气相似或表达含义相互关联的语句放置在一起，从而增加句子的气势，让语句更加朗朗上口，变得更有节奏，给人一种整齐之感。同时，将结构相同、语气相似的句子安排在一起，也能增强观众心理上的紧迫感。

对偶与排比作用如下：

（一）强化观众感受

对偶与排比应用在解说词中能够加深表达的含义，同时能让解说词的表达变得更加丰富，从而强化观众感受。

例如，纪录片《奇食记》第一集片尾：

天地玄黄，宇宙洪荒，以食为天，奇食为先。退后一小步，贫乏你想象；向前一小步，上瘾没商量。黑暗、魔幻、狂野的表象，照见坦荡、真诚、带劲儿的实相，这就是奇食。

这段话用了三个对偶句，将“退后、贫乏”与“向前、上瘾”做对比，此外还将“黑暗、魔幻、狂野”和“坦荡、真诚、带劲儿”放在一起，告诉观众，奇食虽然外表吓人，但味道很吸引人，退却不敢尝试你就输了。纪录片第一集的内容已经告诉观众奇食值得去尝试，片尾的对偶句式强化了观众的这种感受。

（二）突出某种意境

结构相似的解说词在听觉中的出现，类似于画面中的慢动作，把一个瞬间延伸放大，把一种情绪或感觉持续展开，使其更为突出。

例如，纪录片《英雄之城》片尾：

只要携手并肩，没有哪个冬天不可逾越；只要共同守望，没有哪个春天不会来临。此刻，春上枝头，又是一个生机盎然的季节。

“只要……没有……”的排比句式，增强了片尾的气势，强调了只要全国人民团结起来、共同努力，就能战胜病毒与灾难，突出了必胜的决心，让观众沉浸在一种充满希望的情绪中。

四、引用

引用是指在写作时用别人说过的话或成语、古诗词、典籍等来证明某些观点和内容。

引用具有以下作用：

(一)加强论证力度

引用分为正面引用和反面引用两种。正面引用是作者对使用的内容表示支持和赞同的态度,用来引出自己的观点,增加观点的可信度。反面引用则是作者对使用内容持否定和批判的态度,用以反衬自己的观点。

例如,纪录片《张大千》在总结张大千的艺术成就时说道:

张大千是第一个系统地临摹敦煌壁画、以中国文化意识读懂敦煌的画家。他在盛唐艺术里,找回了千年前的雍容自信,也提升了人物表现的韵律。他悟对了一个完整的东方色彩体系。大学者陈寅恪撰文评价:"大千先生临摹北朝、唐、五代之壁画虽是临摹之本,兼有创造之功,实能于民族艺术上另辟一新境界,其为敦煌学领域中不朽之盛举,更无论矣。"

解说词用陈寅恪的话来侧面印证张大千在艺术上的成就,更具说服力。

(二)增加内容层次

适当的引用能增加纪录片的内容层次,帮助观众了解创作者想要表达的内容,从而丰富意蕴、提升主旨。例如,纪录片《西南联大》第一集多次引用蒋梦麟《西潮》原文:

我在六岁时进家塾,一般小孩子都是在这个年岁启蒙的。我的童年教育,可以说主要是记忆工作。幸而我生长在乡村,可以从大自然获得不少知识和启发……

在讲述中插入史实材料,不仅增加了内容的可信度,而且能让观众感悟到纪录片深厚的历史背景。

五、双关

语言的魅力在于,同一个词语在不同语境下可以有多重解读。解说词使用双关的修辞手法，往往体现了编导的意图。它不仅能使语言表达变得含蓄、幽默，而且能加深语意，给人以深刻印象。

例如，纪录片《舌尖上的中国·时间的味道》的解说词：

冬天，金顺姬在北京的家里，种下了从呼兰河老家带回来的种子……

这里的"种子"既指植物的种子，也指家乡的文化基因。

六、设问

解说词写作使用设问的修辞手法，目的是掀起语言的波澜，加强语势，引人深思，从而增强节目的节奏感。陈望道在《修辞学发凡》中指出："胸中早有定见，话中故意设问的，名叫做设问。"设问用得好，可以增强解说词的说服力，引起观众的注意和思考，加深观众对内容的理解和记忆。解说词中的设问应该是从画面内容出发所产生的联想、反应和感慨。解说词以设问代替平铺直叙，目的就是把观众的注意力吸引到作品的内容上来。

例如，纪录片《话说长江》中的设问非常多，第二回的解说词是这样写的：

在这样一个冰雪世界里，这些动物为什么能够而且还有这样大的能耐呢？据生物学家们分析，因为这儿的植物营养价值极高，含有大量的高蛋白、高脂肪、高纤维，这样，就为众多的动物提供了足够的生存能源。

在介绍长江周围地理环境时，解说词先用一个设问来引起人们的困惑，进而解答，有效地抓住了人们的注意力。

第四节　解说词的篇章修辞手段 >>>

篇章作为一种语言单位，是指在文章中连续成段落的语言整体，也被称为“语篇”。语篇是有联系、有相关话题、有衔接关系或并列关系的结构组织,在这其中运用的具体的修辞手法就是篇章修辞。篇章修辞是对语篇的开头、层次、结尾等内在组织的划分方式。

一、运用篇章线索,明暗得当

纪录片全部情节单元都是紧紧围绕着某种意识、观点或思想展开的,这些就是线索。线索按表露程度可分为明线和暗线,按内容可分为以人物为线索、以事件为线索、以物品为线索、以地点为线索、以时间为线索、以感情为线索,等等。

线索一方面能够贯穿视听作品,使整部作品浑然一体,形成一种完整严谨的结构;另一方面,能让观众依据线索解读本片含义,了解作品的主旨。

例如,纪录片《海豚湾》讲述了理查德致力于拯救海豚的故事。他不顾当地政府和村民的百般阻挠,和摄影团队前往日本和歌山县太地町,想方设法潜入太地町的海豚屠杀场,拯救海豚,将当地人屠杀海豚的行为公之于众。解说词由介绍事件背景到最终揭露罪行,始终围绕着拯救海豚这条明线,使片子结构紧凑,而暗线则揭露了当地人屠杀动物的残忍行为,呼吁人们共同保护动物,保护珍贵的海洋资源。明暗线索的配合,揭示了该片的主旨。

二、运用开头结尾,首尾呼应

开头是一个篇章的开端,也是解说词的始端。开头就像一个篇章的序幕,伴随着音乐,锁定受众;开头是篇章主旨大意的表达,可以直接吸引接受者,也可以传递视听作品的语言风格。结尾是一个篇章的末端,起着深化表达意图和思想的作用。好的结尾能够给受众留下深刻的印象,产生积极影响。首尾呼应能使作品的结构更加完整和严谨，同时使作品的含义更加深刻、情感更加强烈、主题更加突出，从而引起观众共鸣，优化表达效果。

例如，纪录片《风雨百味年》开头的一句“我这一生吃过一个最甜的苹果，也是一个最苦的苹果”引发了观众的好奇：苹果为什么既是最甜的，也是最苦的？为什么要以一个苹果作为开头？这个开篇极为巧妙，用一个苹果吸引人们继续看下去。影片展现了在上甘岭战役中，战士们一人只咬一小口苹果的故事。观众理解了苹果甜，是因为战士们不抛弃、不放弃，团结一心的士气；苹果苦，是因为战争死伤无数，让战士们远离家乡，无数人阴阳两隔。纪录片的结尾“总有一种味道提醒我们，走过的昨天和将去往的明天”，呼应了开头苹果的味道让老人想起那场战役。结尾升华了主旨，揭示了正是革命先烈吃过的苦，成就了我们今天生活中的甜。

三、运用多种衔接，划分层次

许多纪录片是按层次来划分内容的，层次之间存在各种各样的联系，用一定的方式进行衔接，就能构成完整的语篇。所谓衔接是指文本上下文的过渡和连接，衔接可以使上下文紧凑，文气贯通。

例如，《舌尖上的中国》第一季第六集《五味的调和》在介绍每种味道前，用衔接来串联不同层次：

和全世界一样，汉字也用“甜”来表达喜悦和幸福的感觉；中国人在品尝生活的甘甜之时，似乎也很善于欣赏苦；然而，不管是甜蜜还是苦涩，能够调和这一切的就是咸；酸是一种奇妙的味道，不仅舌头能感觉到，我们的鼻子也对它十分敏感；除了酸，还有一种味道可以增进人类食欲，那就是辣。

第八章

新媒体语境下的纪录片解说词

纪录片是时代发展的产物，记录着时代的突破和进步，因此，纪录片解说词无法脱离时代背景而空谈发展。继胶片公映、电视传播、网络传播之后，纪录片传播步入了新媒体时代。新媒体与传统媒体不同，不仅表现在技术与形态的差异，更表现在时空的接受心理不同，这就导致了纪录片解说词艺术表现形式的发展嬗变。回顾纪录片历史，从初期的短片风靡到电视时代的鸿篇巨制，再到如今的微纪录片流行，接受时空的碎片化以及受众的快餐式文化需求，使得纪录片走向了零碎松散、形式多元的后现代方向。在螺旋式的发展中，纪录片的外延逐渐扩大，更多纪实性综艺、广告作品涌现出来。2012 年《舌尖上的中国》的热播更成为纪录片行业新的里程碑和转折点，“舌尖体”解说词迅速在网络上流行起来。一部《舌尖上的中国》刮起了中国的纪录片风潮，在媒体文化发展的同时，纪录片的解说词也面临着新媒体语境下的变革。

第一节　文化语境的变迁 >>>

一、上下文语境的影响

使用语言不能离开一定的语言环境，语言环境在语言系统中具有特殊的复杂性和独创性。《语境与语言研究》一书对语境的功能进行了梳理。

（1）解释功能，即语境对纪录片解说词及画面起到阐释明晰的作用。若解说词不结合语境去考虑，与语境脱节，那么纪录片传递的内容会让受众无法理解甚至产生误解。

（2）设计功能，即纪录片创作者及解说员依照个人诉求对语境进行设计。解说员可依据语境信息，安排所使用的语言形式，从而使纪录片的传播效果达到最大化。

（3）滤补功能，即语境的创设可以为接受者剔除繁杂的信息提供便利，也能将表达内容补充完整。

（4）生成功能，即语境可以形成新的语义，能够帮助接受者领悟信息，尽管这一信息还未传达出来。

语境属于言语活动的一种要素，语境不仅制约着语言的表达，而且制约着人们对于语言的理解。在言语活动中，人们往往更加关注言语内容。言语内容是指表达者在特定的语境中用语言传达的具体的思想内容。言语内容是语言意义在言语主体和语境的制约下形成的，若要探知语言表达的究竟是什么意思，必须联系言语主体，对言语环境进行细致的辨析。

视听语言要素只有结合上下文语境，才能自如地转化为修辞手段，舍弃语境单纯地对影像加以修辞，是没有意义的。由于时间和空间的限制，视听作品不可能完整再现事件的全部过程，只能摘取若干片段进行蒙太奇组接，有时甚至因为素材不理想，采用“硬切”的方式进行切换。因此，视听作品的解说词应转换自如、易于粘连、高度概括，可以把割裂的画面不露痕迹地弥合起来，形成一种新的视听叙事逻辑，从而有效表达内在的情感。

请看纪录片《书迷 · 贩书记》（图 8-1）一集的解说词：

在上海，每天有成千上万的旧书被重新翻阅，跨越时光所留下的痕迹被重新注意。旧书店就像一个时空隧道，带人们回到过去，开始一段奇遇。贩书的人为读者提供的正是通往这种奇遇的桥梁，而对于一些书贩来说，奇遇有时也会发生在自己身上。

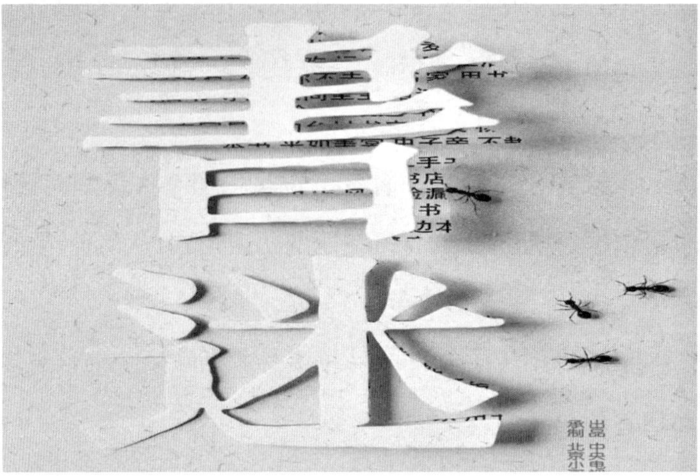

图 8-1　纪录片《书迷》

这段解说词的前后两个部分内容不同，分别讲的是书迷和书贩，但却通过“奇遇”二字使观众在听觉上产生连带效果，自然地完成了前后衔接。

再如，纪录片《地球脉动 · 南极北极》（图 8-2）的解说词：

它们没有进食，也不喝水，要等到四个月后才能见到阳光，这绝对是动物界最艰巨严苛的考验。阳光远离南极洲大陆后，却照亮了远北的天空。时值三月，阳光回到了北极地区，一扫长达四个月的黑暗与阴霾。

图 8-2　纪录片《地球脉动》

这段解说词用阳光的位置运动串联起南极和北极两极之间的动物故事，画面内容分别为南极洲大陆上的帝企鹅埋头躲避暴风雪，以及阳光照耀下的冰山上的北极熊从某个洞中探出了脑袋。这两段内容从不同地理位置获取素材，通过解说词中的阳光完成了自然过渡，观众的注意力自然而然从南极转移到北极，不会觉得突兀生硬，从而实现了两个不同内容板块的自然衔接。

美国后现代主义作家约翰·巴尔斯(John Barth)指出，后现代主义的核心之一就是作品突出语言和艺术手法。艺术家不再把语言和手法视作达到目的的手段，而是把它们视作目的本身。也就是说，语言和手法是艺术的真正内容。尽管解说词的创作有其规律可依，但这种思想无疑会影响整个文化语境。

总的来说，适应大众文化环境，影像必须根据作品的内容、目的、对象、时间、地点、上下文等因素，恰当地运用修辞方法或手段。修辞方式的选择是有原则的，简单地说，就是根据现行的文化语境选择恰当的材料，以达到理想的表达效果。

二、感情表达的需要

从社会层面来说，大众文化打破了高雅文化与通俗文化之间的界限，以轻松诙谐的方式，消解了大众工作与生活中积累的焦虑，使大众心理压力得到释放，因此成为大众喜爱的娱乐消遣形式。这种娱乐性需求反馈给纪录片创作者，就要求创作者以受众为中心讲故事，说老百姓听得懂的话。在新媒体时代，纪录片制作者在互联网上发表作品，表达自身的价值观，使得纪录片不断向多元化、市场化方向发展，出现了大众化、群体化、通俗化特征，这一方面反映了社会的价值观念和思维方式发生的急剧变革，另一方面表达了对群体精神需求的深切关怀。

图 8-3　纪录片《如果国宝会说话》

比如,纪录片《如果国宝会说话》(图 8-3)用影像展现了国家宝藏接地气的一面,充满了人情味的情感处理,将民族文化的积淀同百姓深埋的情感记忆巧妙融合在一起,这种情感认同机制的产生能为语言的传达进行深层次的引申。在网络时代,选择国宝做媒介,让更多人了解中国五千年的历史,感受国人对传统文化的热忱,是情感表达的需要。纪录片的解说词虽然简洁却不简单,表现出每个文物、每段历史的情感色彩,人们通过语言可以感受到所述时代的情感。

例如,第三季第七集介绍文物“花树状金步摇”:

日月星辰里,她的金步摇缠金流光,金枝叶长坠荡漾;无垠星河间,跟随她的足迹,看到了一步一欢喜。

在介绍“花树状金步摇”时,解说词就像一首诗,那些优美的语言让我们感受到一种神秘和美好。

再如,第三季第九集介绍“唐代仕女俑”时:

作为一个每天都在努力减肥的胖妹,我曾梦想生活在大唐,但后来才知道:初唐不胖,晚唐臃肿,即使盛唐也不都是以胖为美,你身边同样有苗条的闺密。只是那时自信,那时自在,那时是以想胖就胖的自由为美。大唐,之所以是我心心念念的大唐,正在于你不用投他人所好地成为自己。让你们绽放,是大唐做的最让人激动的一件事。能够这样绽放的时候,就是春天来了。

这一集解说词生动有趣，以第一人称自述，让观众在欣赏纪录片的过程中仿佛真切地听到了这位“胖妹”的心思，感受到几千年前那个时代人们的时尚追寻。

刘效礼指出：“电视纪录片以往对国际化的理解，往往局限于使中国的纪录片产品打入国际市场，实现在国外主流媒体播出。但是随着文化全球化的渗透，对文化国际化的理解不仅限于通过纪录片的传播实现中国与国际社会的有效沟通，而是要在大众文化语境中实现文化的传输和认可。”

从更宏观的背景来看，利用不同手段进行重述和整合的做法无处不在，这也是人们谈论最多的后现代文化生产特点之一。安伯托·艾柯指出，这种对“已经言说的话”的重述，是后现代派交流的显著特征。解说词中的互文尤其如此，它吸纳了各种文本的内容，成为一个新的文本。

三、影像话语的归属

任何事物的发生和发展都离不开它植根的土壤，影视艺术也不例外。纪录片的每一次发展变化，都与整个社会的发展密切相关。20 世纪 80 年代以来，改革开放的逐步深入从方方面面深刻地影响着人们思想和艺术观念解放的进程。一是民众创造的意识逐渐显现并增强；二是除主流文化以外，许多小众文化也进入了公众视野，有了自己的发展空间；三是许多国外优秀的纪录片作品传到中国，使中国的纪录片创作者看到了更多的国外作品，学习了西方优良的创作理念。综合以上三种影响，新时代的纪录片创作在努力摆脱以往宣教功能的基础上，寻找拓展着自己的生存空间和表达语境，体现了多元化的审美形态。

近代中国著名记者、出版家邹韬奋直言：“大众的伟大力量是新时代的最重要特征。我们要极力使我们的文化工作能影响到大多数，影响的范围越广大，文化的功效就越大。”如果作为大众传媒的电视遗忘了大众，遗忘了普通人的生存方式及生活状态，最终会被大众遗忘，所以“讲述老百姓自己的故事”永远是获得观众的重要手段。因此，纪录片创作者应始终与民众站在同一视角，以人本化的方式拉近与观众的距离，走进观众，以观众的人文需求为基本导向，不断满足人民精神文化需求，增强人民精神力量。

在国家政治经济大环境的影响下，中国纪录片创作观念随着时代的变迁、社会的发展、文化的转型、大众情绪的变化等发生了鲜明的变化。它深刻地感应着民众的价值观念、行为方式的变化，通过有说服力、公信力的真实的影像，使人们接受和欣赏纪录片呈现的思想和文化。这些影像及背后蕴藏的情感在增强中国文化吸引力的同时，也加深了国人的民族认同感，最终引发了影像话语在情感回旋中的共鸣。

纪录片《中国》（图 8-4）就一改历史类纪录片文献和口述的表现形式，用立体的影像方式和近乎电影化的手法，再现一个个历史场景。全片没有对话、没有旁白，由解说员的情感带入，对不同的历史人物保持不同的讲述节奏，极大地丰富了观众的临场体验，为原本厚重的历史增加了温暖的色彩。其在流程上采用解说词推动画面的方式，是对当下普遍以画面带动解说词方式的一种大胆颠覆。这种娓娓道来的方式，让中国几千年的历史变得形象而生动。

图 8-4　纪录片《中国》

在第二季第一集《惊变》中，影片是这样描写杜甫和李白相遇的：

在洛阳，杜甫终于见到了偶像李白。长安失去了李白，却成全了一次千载难逢的相遇。这时候的李白，仕途受挫，无限风光烟消云散。这时候的杜甫，前途未卜，郁郁多年仍不得志。这样的两个人，在这样的时刻见面了。奇妙的缘分和惺惺相惜的才情，让他们很快相熟。

如此有画面感的视听呈现，让观众如身临其境，脑海中自然浮现出大唐盛世“知己相遇”的名场面，仿佛在绚烂烟火中，观众也回到诗人的精神故乡，聆听历史深处遥远的回声。

《中国》这部纪录片一方面承续了历史类纪录片在传统与现代、历史与当下、国内与国际等多重视野中展开阐述的那种特有的纵横捭阖感；另一方面也用个体的人物表述，让故事在生活的映衬下增加真实的厚度，以更贴近观众的现实视角，使其在情感共鸣中感受不一样的传奇故事。在文本创作上，《中国》经历的五个阶段最终呈现出的是影像逻辑与文本逻辑间的协调互补，实现了理性与感性交织的一种诗意化的叙事效果。

第二节　媒介技术的进步 >>>

一、制作技术的创新性

学者 M. 柯林斯认为，后现代主义存在的一个关键先决条件，就是符号的迅速膨胀和符号间无际的流通。这些符号随着技术的发展而生成，与信息爆炸（有线电视、录像机、数码影音、电脑等）密切相关。可以预见的是，媒介技术的发展变迁，会直接影响纪录片文本样态的变化。

在媒介融合的当下，回顾纪录片的发展历程，我们可以发现，纪录片的发展史与技术的发展史是相辅相成的。从 1895 年法国卢米埃尔兄弟拍摄的《工厂的大门》《火车进站》到1922年弗拉哈迪的《北方的纳努克》的公映，再到维尔托夫的《持摄影机的人》，一直到今天的《舌尖上的中国》等优秀纪录片，纪录片的每一次成长都离不开特定历史阶段的科技成果。可以说，技术是支撑纪录片和纪录片创作者不断创新的基础。

近几年，有一个词大众既耳熟能详，却又略感陌生，它就是“大数据”。在这个“互联网+”的时代，大数据是所有人都绕不开的话题。在大数据的背景下，技术对纪录片带来的冲击是毋庸置疑的。冗长、缓慢、枯燥的纪录片无法在大数据时代生存下去，为了在海量、多样化的大数据海洋中存活下来，纪录片必须转型，变得更加微小，更加有趣，更加多样化。正因为如此，微纪录片应运而生。此外，摄影技术的不断更新迭代，使手机都拥有高清摄影的功能，人人都能够通过随身携带的手机等设备轻松地成为微纪录片的拍摄者。而对于用户体验来说，传统纪录片追求真实的模糊画面和凌乱的构图不再能满足新时代受众的需求了。随着影院3D、IMAX大屏幕技术的普及，人们开始追求精美的构图、高清的画质和优质的画面内容。对于微纪录片来说，除了其本身的内容要精彩之外，画面必须更加高清，构图必须更加讲究，这也是微纪录片和传统纪录片的不同之处。

在新旧媒介融合日益深化的同时，各媒介之间也发生了交叉性的影响，交互纪录片成为传统纪录片顺应媒介融合发展的必然产物。互动媒体与传统媒体相比，注重为用户提供沉浸式体验，互动纪录片将媒体产品用户的视角作为作品叙事的主视角，对周围环境进行观察或从事对话和探索等活动。如游戏纪录片《金钱下的麦克默里堡》就是采用用户第一人称主观参与叙事视角的绝佳案例，其特色为设计者将虚拟情景和参与性视角有效结合起来，强化了用户对作品的切身体验。

该作品介绍写道：

您将踏上一段游戏纪录片的旅程，在这段旅程中的一切都是真实的：地点、事件和角色。您的任务是去探访麦克默里堡，权衡其中的危险，参加公共议题投票以及与其他用户讨论各种话题。麦克默里堡的命运就在你的手里。

通过这段第二人称的介绍可以看出，作品强调将用户置于叙事的主视角位置，让用户以调查者的身份去发现潜藏在麦克默里堡石油开采背后盘根错节的利益关系，并聆听石油企业代表、环境保护主义者、政客和当地居民对石油开发这一话题的争论。这种方式代入感强，让受众和叙述者重合，形成了有张力的叙述，不仅能够打破作品与受众之间的界限，也能更有效地为受众营造出一种切身体验作品议题的参与感和互动感。在新媒体写作中，这是一种不错的尝试和表达。

二、传播方式的多样性

从拉斯韦尔的5W经典传播模式中我们可以看出，传播的过程是由传播者、传播内容、渠道媒介、受众和传播效果五个要素组成的。在媒介融合的背景下，媒介首先发生变革，随之而来的是传播方式的变革，最终造成传播过程中的每一个要素都发生变化。微纪录片相当于五要素中的“传播内容”部分，正是传播方式的变革，使得微纪录片逐渐兴起。

首先，传播方式的变革改变了纪录片的传播方式。以往传统的纪录片主要是通过电视台等官方媒体进行发布的（极少数会在院线上映，并且票房并不乐观），或者通过DVD等形式在纪录片创作者的小圈子内流传，并不能让社会大众都参与到传播过程中来。在网络时代，网络传播占据了重要地位，微博、微信等公共舆论场所真正掌握了自己的主动权。对于纪录片来说，传播方式的变革最大的意义就是传播圈子的无限扩大。只要通过网络上传，纪录片作品就可以在微博、微信等平台方便快捷地传播出去，好的纪录片作品就可以在网络上产生传统纪录片时代无法想象的重大影响。正因如此，这种传播方式决定了纪录片的时长必须大大缩短，不然将在网络传播过程中失去大量受众,同时也要更加有趣,脱胎于传统纪录片的微纪录片就在这种传播方式中逐渐成形了。

其次,传播方式的变革改变了纪录片的生产方式。早期的子弹论认为大众传播具有极强的传播效果,其情形犹如子弹(大众传播媒介的信息)射向坐以待毙的靶子(受众),而受众只是被动地接收信息。然而,在媒介融合的当下,子弹论早已被完全颠覆了。传播的过程是双向的、可逆的。受众并不只是被动接收信息,他们不仅是接收者,还是整个传播过程的参与者,甚至可以是信息的制造者。对于纪录片来说,受众对于作品的强参与性和强影响力,会影响纪录片的制作过程和表现形式。例如,传统纪录片往往是创作者计划拍什么题材便直接开始创作,完成之后再传播给受众,但现在,创作者可以先通过网络收集舆情,知道最近大部分受众都比较关注儿童被拐卖的题材,于是创作者可以在收集舆情的过程中找到几个坚持寻找丢失孩子的父母作为典型拍摄对象,在拍摄过程中通过网络平台得到热心网友的协助,从而完成纪录片的创作,最后还可以通过网民的力量将作品传播到更广范围,产生更大影响,甚至可能对找回丢失的儿童有帮助作用。正因如此,互动性更强、需求更加多样化的微纪录片愈加受到人们的欢迎。

第三节　微纪录片的诞生与发展 >>>

一、微纪录片的界定与类型

(一)界定

要界定微纪录片的概念必先弄清楚"微时代"以及"微"的内涵。微时代的一切文化形态都呈现出微缩化特征,具体表现为一系列的"微内容"。喻国明强调:"互联网用户生产的任何数据,都可以被称作微内容……当前不理解微内容，就无法深刻把握网络媒介的真正价值。”在此，“微”字包含以下三层含义。首先，“微”指短小精炼、易于传播。其次，传播手段之“微”。以微博为代表的移动网络终端是现代传播技术的前沿应用，小体积、小屏幕、短内容可以在网络中自由传受，分享式、评论式等传播模式使得微传播独具优势。最后，传受双方的身份之“微”。在网络时代，人人都是创作者。人们只需拿起手机等简单的设备，即可记录现场，实现了创作主体从小众精英向普罗大众的扩展，涌现出一批草根视频博主。同时，观看的门槛降低，人人都可以成为传播者和接收者，微纪录片去掉了以前那一层高大上的外衣，变得更加接地气了。

微纪录片正是在这种传媒文化的变革时代诞生的。凤凰视频 2011 年就开始运营微纪录片，2012 年首届“凤凰视频纪录片大奖”特别设立了“最佳微纪录片奖”，展示了纪录片未来发展的方向，该奖项由反映杂技学校孩子的微纪录片《花朵》获得。凤凰视频计划建立国内最大的微纪录片资源库，并结合斥资千万的“新拍客运动”将其打造成国内首个微纪录片运营平台和传播阵地。央视纪录频道推出的微纪录片《故宫 100》《资本的故事》等单集时长为6—8分钟不等，将新媒体用户视为重点营销对象。网易、搜狐、新浪、优酷土豆等网站也都开辟了“微纪录片”相关栏目，在受众中产生了强烈影响。微纪录片拓展了纪录片艺术创作的队伍和内涵，在扩大传播效果方面具有重要意义。

微纪录片的概念固然是从纪录片发展出来的，它继承了纪录片真实美学的视听艺术规律，但在此基础上，又突破了传统纪录片的叙事与传播，衍生出自己独特的“微”特征。有论者这样描述：“微纪录片耗费低、制作时间短，总时长在 5—10 分钟之间，同时，微纪录片具有及时传播的优势，适用于电影、电视、网络、手机等传播方式，具有真实性、权威性，而且人人可以参与，人人可以当导演，人人可以当演员，这一优势必定会促使其成为以后热门的影像。”虽然这种说法将“微纪录片”的外延扩大至纪实“短片”有些不妥,但其中不乏合理的成分。因此,微纪录片的个性化特征是“微时代”里“微众”运用“微媒体”分享传播的纪实性“微影”。

以上论述概括起来可归纳为:微纪录片是运用以手机等移动网络媒体终端为主要传播平台的非虚构性短片,其制作主体多为普通大众,题材多为社会生活的微小话题。

(二)类型

1. 历史类微纪录片

纪录片从诞生之日起就肩负着记录历史的责任,作为一种重要的文化载体,在记录历史方面,纪录片具有其他影视艺术不可比拟的优势。纪录片以严谨的制作风格、恢宏大气的叙事、真实可靠的素材成为一面折射历史的镜子。历史类微纪录片在传播历史真相和弘扬中国文化方面具有重要价值,这类微纪录片体现了当代主流媒体的社会责任感。如纪念南京大屠杀的系列微纪录片《城殇》是历史类微纪录片的典型。整个系列片使用大量的真实历史影像资料,通过幸存者的回忆和国际人士的证言,讲述南京这座城市在当年遭受的创伤。又如新华社精心打造的可视化全媒体系列微纪录片《国家相册》,带领我们走进中国照片档案馆,这里收藏了1892年以来的珍贵历史影像,是中国馆藏量最大的国家照片档案馆。镜头带领我们打开尘封已久的国家相册,走近这些老照片,利用三维技术将二维平面照片立体化,历史就这样栩栩如生地出现在我们面前。历史类微纪录片用大量的史实讲述历史真相,让我们从珍贵的影视资料中认识历史、了解历史。

2. 公益类微纪录片

公益类微纪录片在客观记录的基础上以传达公益意识、传播社会正能量为目标。这类微纪录片多聚焦于我们身边的公益团队和志愿者,记录对象多为平凡人物。例如2011年贾樟柯监制的《爱的联想》,是国内首部真实记录草根公益团队的微纪录片。影片记录了科学松鼠会、多背一公斤、十二邻社区发展中心三支草根团队的公益行为和公益发展历程，传达他们的公益理念，给受众树立了榜样，鼓励大家将爱心付诸行动。微纪录片《乡村教师》和《我在清华等你》将镜头对准了支教教师这一群体。他们不畏艰苦，为了祖国花朵的茁壮成长付出时间和精力。公益类微纪录片在传播社会正能量方面具有重要作用。

3. 人文类微纪录片

人文类微纪录片将普通老百姓的故事搬上荧屏，关注普通人的生活和梦想，记录发生在你我身边的真实事件。例如湖南卫视推出的系列微纪录片《我的中国梦》，以“记录草根的平凡追梦故事，见证筚路蓝缕的中国梦”为宗旨，讲述普通老百姓的追梦故事。北京电视台推出的《中国梦 365 个故事》讲述普通人追逐自己梦想的故事。中国梦是一个宏大的主题，但归根结底，中国梦是我们每一个中国人的中国梦，只有实现个人梦想才可以实现中国梦。

4. 商业广告类微纪录片

随着微纪录片的发展，其概念形态开始受到越来越多广告客户的青睐。纪录片的拟真情态更容易渗透到人们的日常生活中，也渗透到与大众生活紧密联系的影像广告制作行业，为广告的拟真效果开辟了新的途径。微纪录式商业广告在创作时，通常会在内容表现上刻意弱化广告的性质，甚至用“微纪录片”的身份进行推广传播。虽然它们遵循一定的纪实性原则，用纪实手法拍摄，但会将纪实元素与其他创意元素相融合，对于广告主的宣传也会有较为清晰的表现。2016 年，以农夫山泉基层员工为拍摄对象的《一个人的岛》讲述了农夫山泉千岛湖取水口的守护员徐忠文的故事。他一个人长期在水源岛屿上巡防，以确保工厂的安全顺利生产。这则 3 分钟左右的纪实故事，通过人物同期声和解说词的搭配叙述了农夫山泉员工一丝不苟的工作状态，表现了农夫山泉员工对工作的坚守，并用广告词直接点明了农夫山泉企业坚守品质的营销主题。

二、微纪录片的特征

（一）新媒体传播

计算机技术和网络通信技术的进步使传统媒体遭到了前所未有的挑战，网络传播整合了声音、图像、文字等传播媒介，综合了人际传播、大众传播等多种传播方式，改变了传播的过程，将传播的传、受、反馈等元素融为一体。数字化的进程使传媒格局和传媒自身发生了根本性的改变，媒介融合和媒介边缘的淡化成为当今媒介发展的一大趋势。因此，纪录片在传播过程中如何抢占先机，发挥自身的优势，在媒介融合的洪流中占领一席之地成为纪录片发展的一项紧迫的任务。《舌尖上的中国》最初在电视平台上播放并没有引起关注，随后网友将节目搬运至新媒体网站 bilibili，引起年轻人的热捧。从“舌尖”开始，一批颇具网感的微纪录片在视频网站流行，《但是还有书籍》《人生第一次》《水果传》等点燃了年轻人对纪录片的热爱。2021 年，bilibili 甚至专门召开纪录片大会，为纪录片创投和年轻的纪录片创作者提供机会和平台。

网络通信技术的发展拓宽了传播的范围，打破了传播的地域限制。正如麦克卢汉预言的一样，地球正在变成一个“地球村”，受众成了“地球村”的“村民”。中国纪录片的发展也不能偏安一隅，固守国内的受众群体，相反，中国纪录片要面对国际市场，应对全球化的浪潮，与国际接轨。中国纪录片要追求国际影响力和占有国际市场份额，就要在选题、拍摄手法、后期制作以及市场营销等方面借鉴国外成熟的纪录片创作、营销经验，发挥自身优势，吸引更多的受众，开拓国际市场，走出国门，走向世界。

目前，中国纪录片走向世界已是大势所趋，国际纪录片的评奖活动中频频传来中国纪录片获奖的好消息。比如杜海滨导演拍摄的关于中国汶川地震的纪录片《1428》荣获第 66 届威尼斯电影节最佳纪录片，并借助新媒体传播渠道在国际上获得强烈反响,让全世界的人们看到了大地震发生后中国人民的坚强和勇敢。再如《我住在这里的理由》的导演竹内亮通过新媒体传播渠道,不但为观众展现了不同人的生活面貌,而且他还接受了国际知名媒体的采访,拍摄了《走近大凉山》,走向了世界。由此可见,正是新媒体提供了形式多样的传播渠道,使得纪录片的传播能够更快捷、更广泛。新媒体为纪录片带来了更广阔的传播空间。

(二)解构式文本

技术的进步一次又一次使每一种情景的特征发生改变。在新媒体时代,从制作群体来说,纪录片创作者中涌入很多非专业人士。他们的制作设备多为家用摄影机或者手机等,他们从微纪录片爱好者的角度出发,表达一种看法或是一种体悟,乃至一种感情、一股冲动,事先没有经过专业化的策划与组织,事后也没有深入思考与专业编辑,所以最终导致视听感受的“毛边化”。但是这种毛边化正是草根制作的风格特色,它解构了传统纪录片制作精良及推论严谨的文本特征,表现了真实,也表现得真实。

比如 Vlog,即 Video Blog,视频博客,类似于文字日志、图片日志。它以视频形式记载日志,通常以拍摄者的第一人称、主观视角为主。而作为纪实日志视频,Vlog 更看重对日常生活的真实记录,凸显纪实性,在真实的生活与社交场景中展示拍摄者的个人特征。Vlog 制作门槛较低,不要求华丽的剪辑技巧和精彩的内容设计,简单的生活记录便可完成一支 Vlog 的制作,因此 Vlog 已成为各大 UGC 平台的重要板块。一次购物、一次旅行、一次聚会,都可以成为 Vlog 的内容素材。

Vlog + 的形式助推了纪实元素的普及,同时也为精良制作的纪录片行业提供了一个新的思考方向。纪录片或许可以拥有更亲民、更有趣的表达方式。纪录片《一日冬春》就好比一个五千多人参与制作的 Vlog 合集;纪录电影《烟火人间》集结了快手用户上传的数千条碎片化 Vlog;《武汉:我的战疫日记》以 Vlog 形式，运用内聚焦型的叙事视角和时间主线与板块段落相结合的叙事结构，从医护人员、普通市民、外地援助者的角度记录了疫情期间发生在武汉的温暖故事。而在《世界遗产漫步》中，虚拟人物成为纪录片的主人公。该片全程运用虚拟人物的主观镜头叙事，虚拟人物的对话承担了纪录片中解说词的功能，不仅带领观众参观了中国的世界文化遗产，而且推动故事情节发展，塑造了贴合时代背景的人物形象，具有强烈的生活气息和人文关怀。

解构化制作还体现在“短”上面。“预先规定的长度也可能决定内容，艺术的外在技术条件往往影响到那些支配作品的艺术内容的规律……在构成电影剧本的主题、内容和风格时，也必须考虑到它特定的长度。这种特定的本身就是一种风格。”微纪录片的短叙事正是在主客观条件既定的情况下出现的，反而形成了独特魅力，风靡于微时代的受众之间。并且由于微时代受众收视习惯和行为的碎片化倾向，短片有更强的生命力。所以，在这种良性循环中，主客观因素共同促成短片影像形态在微时代的爆发。2012 年央视推出了一部微纪录片《故宫 100》，总共 100 集，每集 6 分钟，讲述了一百座故宫建筑的命运和其中发生的不为人知的故事。2020 年上线的《从长安到罗马》将丝路历史与现实浓缩在一个个 5 分钟的短片中。事实上，微纪录片在颠覆传统创作模式时，正在逐渐消除大众对纪录片“高冷”的偏见，在 5—6 分钟时间里，虽然只能选取历史文物信息中最能代表其特点的一两个点进行展现，但在很大程度上，这种小而精的模式也激发了人们对历史和文化的好奇心。通过这样的方式进行文化的普及，正是新媒体时代视频传播的特点。

（三）后现代表达

关于后现代主义的概念，学界众说纷纭。有学者提出，后现代主义指的是：（1）一种话语风格；（2）20 世纪六七十年代或 80 年代的一种运动，至于是什么运动还要取决于发生在哪个媒介领域；（3）一种能够代表整个社会经济元素的条件或环境；(4)某一特定的哲学探索，因为它对哲学话语的定式提出质疑；(5)某一特别类型的“政治”；(6)因为上述全部因素而产生的某种形式的文化分析。从这些描述中我们可以看到，后现代主义的手法和风格已经渗透到时代话语的各个层面。

从微纪录片文本分析来看，其表现手法与风格上展现出与以往纪录片明显不同的倾向，并且愈演愈烈。传统纪录片的后现代特征刚刚露出苗头，便引起观众和学者的不安，认为这是对纪实性影像的污染。而微纪录片天然就带有后现代基因，虽然第一部微纪录片已经隐匿在浩瀚的信息海洋里，可是从不断推出的微纪录片中我们可以发现，表现手法多样化仍是未来的发展趋势。《故宫 100》完美地将实地拍摄画面与动画场景结合，包装上突出动画元素，表现出灵动活泼的视听语言风格。在几分钟的视频里，不断会有可爱的古典建筑动画模型从画面边角跳出来，与影片画面融合，形成与众不同的故宫印象；片头包装更是用动画手段营造出极具传统审美特色的故宫模型与宫殿名称，模型的动画加上文字的动画完全颠覆了观众对传统纪录片的认识(图 8-5)。解说词一改过去历史文化纪录片那种深沉、刻板的表现形式，而是以活泼、生动的语言风格，如以拟人对话、第一人称叙事等方式，与经典的历史叙事形成强烈的反差。

图 8-5　纪录片《故宫 100》中的动画元素

在《故宫 100》第 100 集《看见看不见》中,解说词与历史影像相互配合,回顾了故宫的历史变迁。

距午门东南 104.7 米,1980 年以后这里成为故宫留影中最常见的景点。

距午门东南 105.3 米,红旗轿车成为故宫背景里的背景。

1900 年,距午门东南 304.1 米。

1900 年,八国联军的士兵走过午门,距午门东南 329.2 米。

距午门东南 364.7 米。历史就在这里,只要你愿意去丈量。

结尾处,从历史回到现实,一位穿着红裙子的小女孩用稚嫩的声音开始背诵《故宫三字经》:

六百年,人和事;这故宫,看得见。昔紫禁,帝王殿;今故宫,博物院。天安门,本皇城;端门前,衣冠整。古天子,立五门;天阙开,瑞祥来。皇宫内,七宝顶;映苍穹,北斗星。午门藏,凹凸字;明三门,暗五道。外面方,内里圆;民从地,君居天。曾廷杖,打屁股;几吆喝,释战俘。金水河,五桥渡;兼仁义,礼智信。水火济,吉祥鼎;太和门,拉满弓。燃火把,插栏杆;后石制,仍生辉。须弥座,最尊贵。大土字,够气势。帝皇座,九五尊;前三殿,拱青天。屋檐弯,向上翻;像巨鸟,下凡间。七八九,防瓦走;太和殿,添一兽。大正吻,咬得紧;加一剑,十三件。最高级,四坡面。故宫博物院,紫禁城宫殿。看见看不见,皇家的背面。

童声配音,《三字经》格式的解说词,顿时让观众穿梭时空,感受到紫禁城的悠久、厚重的历史文化。既不失沉稳,又独具新意。

除此之外,极具个性化的表现手法让微纪录片的风格变得更加多样化。如行情式的《致我们最后的大学时光》,讲述毕业前的难舍难分;推理式的《北京关停打工子弟学校纪实》,科学质疑关停行为的合理性,展现务工人员的无助;动画片式的《民工》配上现场同期声,用素描动画的方式展示了一场民工之间的暴力事件;纪实性的《冬》探讨了内蒙古老人的养老问题。随着微纪录片创作的发展壮大,其创作目的也变得越来越复杂和多元。除了前述的抒发个人情感、思考社会问题之外,还有一种也越来越受到市场的追捧——广告目的。这些无疑在颠覆着传统纪录片概念的外延与内涵,但无论如何,纪实手法与真实原则仍然是微纪录片的天然法则。正是在这种"变与不变"中,微纪录片逐渐形成其独特的叙事艺术。

第四节　新媒体时代纪录片解说词写作思维的转变 >>>

随着媒介的发展变化,传统电视传播的环境也发生了变化。受众从消极被动的位置,变得更加积极主动,可以通过弹幕、留言等方式参与到内容生产和传播之中。而智能手机的普及、应用程序的涌现、摄制门槛的降低,让普罗大众具备了内容生产能力,因此在媒介内容生产中,解说词写作需要积极转变思维,打破"套路"。这里所说的"套路",指的是陈旧的思维定式。随着传媒领域的不断变化,我们对纪录片解说词写作的认知与定位也需要不断发展。

一、打破四个维度

(一)打破平台的限定

"网生"纪录片从创作之初,就具有互联网基因,它们以网络音视频平台为主要传播渠道,吸引了大量受众。在新媒体时代,我们在写作过程中,既要保留传统电视媒体对写作的基本要求,也要面向互联网语境,打破传播平台的限定,考虑文本的兼容性;打破原有为某一平台写作的思维模式,熟悉各类平台的视听语言表达习惯,掌握不同平台文本写作的异同,为不同类型的文本写作打下基础。

(二)打破形态的限定

毋庸置疑,电视解说词是为电视片所配的文字稿,是电视文字创作中最难的一种。写作本身是一种思维方式,是根据不同题材、不同体裁所形成的意义表达。因此,创作者在写作中应该结合具体的体裁要求,打破文本形态的限定,既不要拘泥于某一种形态文本写作的范式,也要具备不同文本写作的视野和能力。

(三)打破时间点的限定

很多初入行业的人员,对于何时开始写作感到很疑惑。其实,在视听作品的生产领域,对于写作工作介入的时间点没有一个具体的规定。写作可以出现在媒介创作的前端、中端,甚至后期。可以说,写作工作渗透在视听作品生产的全流程之中。在不同的创作阶段,创作者需要结合具体情况进行文字的调整和完善,直至最终定稿。

(四)打破元素的限定

尽管视听作品的文本写作以语言文字为主,但视听作品的元素构成是丰富多彩的。视听创意写作要求创作者熟悉影像系统的各种元素,以便“排兵布阵”,实现自由的创意表达。

二、思维方式的转变

写作纪录片解说词既要有传统写作的思路,也要有独特的思维理念。

(一)全局性思维

创作者在写作准备阶段,就要对创作的主题、目的、流程、结果等有比较全面的认识，形成全局性思维。这种全局性思维可以帮助创作者结合作品的题材和体裁，形成独特的思考。如果“只见树木，不见森林”，迷恋某些语言的碎片化表达，就会拘泥于细节，无法形成宏观的把控能力。

（二）创新型思维

纪录片解说词写作是视听作品生产的工作之一，正如俄国文艺理论家什克洛夫斯基在《作为手法的艺术》中指出的：“艺术的目的，是要让人感觉到事物，而不是仅仅是知道事物。”艺术之所以存在，就是要通过“陌生化”的手法使人恢复对生活的感觉，使石头显现出石头的质感。

因此，创作者在视听文本的创作中不能墨守成规，要与时俱进，在动态变化中形成创新型思维。

（三）复合式思维

单纯的文字文本结构相对简单，但在视听文本的建构上，这种组合的难度会大很多。因为我们知道，视听语言是由画面和声音构成的，画面里包含很多元素，如色彩、光线、角度等；声音的部分也包含很多元素，如同期声、旁白等。此外，视听语言十分具象，长于表现具体的场景与事物；而语言文字则擅长对抽象的理念与概念进行清晰的描述。因此，在视听文本创作过程中，创作者既要注意对主题意义的宏观把控，也要注意具体词语、镜头的表述，形成复合式思维。

第五节　新媒体时代纪录片解说词的创作要点 >>>

在新媒体时代，传者与受者互动性的增强给纪录片解说词的创作提出了新的要求。优秀的纪录片解说词，不仅需要承担完善叙事、抒情表意、解释说明、转场过渡等功能，还要对纪录片的人文价值起到提炼升华等作用。

创作者既要在写作活动中具备受众意识，又要有自身独立的思考，在避免“标签化”和“概念化”的同时也要警惕过度娱乐化的“流量旋涡”。

一、紧跟时代的多元化表达

（一）强化话语节奏的紧凑性

在新媒体平台传播，纪录片的话语节奏既要向颇受年轻受众欢迎的快节奏的欢快基调靠拢，又要体现其对人文关怀和社会价值的深远思考。为了加强信息的密度而不减其深度，强化话语节奏的紧凑性就成为新媒体时代纪录片解说词写作的特点之一。加强解说词话语节奏的紧凑性不仅能够适应新媒体时代信息的碎片化传播，同时也能激发年轻受众对纪录片的兴趣。比如《人生第一次——退休篇》的开头这样介绍老年大学：

高等学府哪家强？老年大学走一趟。985、211、“双一流”，这些我们都不是。但我们学生的平均年龄遥遥领先清华北大。这里是你们更新知识的殿堂、健身养心的场所、开心娱乐的园地、广交朋友的平台、智力开发的基地，国标、蒙古舞、拉丁舞、月光下的凤尾竹，全球热门专业，我们应有尽有。声乐、太极、诗朗诵、摄影，我们只教能在朋友圈、家人群里展示的热门科目。来到老年大学，我们郑重承诺：绝对不开家长会。高尔基说过，学习永远不晚。不要让父母输在起跑线上，珍惜机会，还你一个大学梦，老年大学等着你。

这段解说词将老年大学的日常教学内容和当下流行的话语相结合，再搭配受到年轻人追捧的鬼畜视频剪辑手法和欢快的背景音乐，让跳跃式的叙事结构跃然而出，令人眼前一亮。受众也纷纷在弹幕中留言：“硬核广告”“有内味儿了”“策划鬼才”等。

(二)运用修辞手法的多样性

"修辞是一种艺术呈现方式与表现手法,人们通过修饰自己想要表达的话语以及文章,恰当且合理地呈现自己的思想和感情。"在新媒体时代,纪录片解说词既要通俗易懂,又要注重美感。为了让受众听起来顺耳畅达,解说词创作者势必要恰当使用修辞手法,利用多样化的修辞手法强化影像的表达效果。纪录片解说词因伴随画面带来的视觉体验,更能统一和谐地给受众传递创作意图和思想感情,比一般的艺术文本更具有独特的修辞魅力。

1. 语音修辞:名人解说员进行解说,增强传播效应

随着"网生"纪录片的诞生,纪录片解说词的配音也打破原来专业播音员配音的传统,更多具有特色的跨专业解说员进入大众视野,解说员身份的转换,给观众带来耳目一新的感觉。

例如,纪录片《但是还有书籍》第一季邀请演员胡歌倾情献声,高辨识度的声音和精彩隽永的解说词相辅相成,营造出别样的人文意境和文化美感。

他们以细小而绵密的针脚,连缀起那些被岁月尘封的文献,为读者编织出一条条通往前人思想的小舟。

他们凭借对文学的热爱,独自泛舟于浩渺的词汇之海。

如诗如歌的文学解说词不仅让人物形象鲜活起来,也让那些因为名人解说员被吸引来的粉丝群体,慢慢被节目的品质和内容所打动。

2. 语句修辞:口语与书面语结合,灵活巧妙

随着大众文化的发展,纪录片解说词逐渐摆脱精英化,将日常口语和书面语言结合使用。口语通俗易懂,句式简约,语义清晰,加上书面语言的表达,两者巧妙结合,听起来既有节奏感,接地气,同时又不失规范性。

例如在纪录片《人间世》中,大量口语的使用拉近了我们与纪录片的距离,使我们轻而易举地明白原本很难理解的信息,更加理解与体会病人的痛

苦和医生的无奈。

要亲人活，这种心情有多迫切，每个人都能体会，但是医学存在太多无法逾越的变数。毕竟，医生是人不是神。

解说词的点点滴滴，就像细小的雨水，看上去轻、小，但是字字珠玑，每一字都落在观众的心上，引观众的共鸣。

有时是治愈，常常是帮助，总是去安慰。

有了盼头，日历的跳动，就有了截然不同的意义。

这段解说词既有口语表达，也有书面语表达，让这段话的情绪也有了起伏。

现实就是这样，病人太多了，择期手术的血不够用。但外科医生不轻易低头，没有条件，创造条件，也要上。

口语与书面语巧妙结合，阐述现实，同时树立起医生的形象。

很少有医生在病人面前哭，这会被人误会，认为医生承认自己有了过失，但程东峰忍不住了，他为了这个病人写了46页的病史，开了106页会诊记录、124页的医嘱单，如今，这些努力全白费了。

列出具体的数字让观众对医生的敬业有了更直观的认识。然而，医生再努力，也可能挽救不了病人的生命，这更令人感到惋惜和痛心。

在纪录片《嗨，大学》中，解说词以半文言半白话的形式出现。

时维九月，序属三秋，开学季，“面基”季。网聊了半个暑假的室友集体奔现，从此，点名签到、复习占座、门口取件、上分吃鸡都将以宿舍为单位，集体进行。

这样的表达既简单易懂，又生动有趣，既有网络流行语，又有颇具文学气息的古文修辞。解说词写作随着时代发展而有所变化，为影像增添了不少情趣。

3. 段落修辞:表意明确,生动形象

在新媒体时代,众多纪录片解说词凭借精美生动的修辞手法,打破了传统纪录片给人们留下的刻板印象。这些作品关注年轻受众的兴趣点并合理地将其喜爱的视听元素融入纪录片的整体呈现之中,以吸引更多年轻受众主动去关注纪录片中的当代人文价值。

这是世界上最大的黄色瀑布,水面最宽时达上千米,落差50米。不羁的流水如同天河倒泻,壶口成为天险,许多慷慨激昂的故事在这里演绎。势不可当的黄河,成为这个东方民族的精神象征。没有什么能阻挡一条长河奔流入海,万川归一的大海就在前方。

沐浴着和煦的阳光,往日起伏的海面仿佛被熨平,大海变得安静。飞行在这片蔚蓝之上,我们可以听到大海平缓的呼吸。面向海洋,更能感受到风的来向。一个新的时代正乘风破浪而来。海洋,愈加成为中国联通世界的桥梁。

这两段描写出自纪录片《航拍中国》,运用了比喻修辞手法描写自然景观,赋予其性格,如流水“不羁”;赋予其生命,如“平缓的呼吸”。同时,这两段话通过自然景观寄托了人文精神,先借黄河喻东方民族,再道出“黄河奔入海”,比直白地写“中国走向世界”更有力。这些既鲜明又贴切的比喻在很大程度上使受众获得了沉浸式的共情体验。

二、注重互动的预设性思维

在新媒体时代的信息传播过程中,受众的地位发生了巨大变化,从过去的被动接收到现在的主动参与,受众的参与性越来越强,这要求纪录片解说词创作者注重互动的预设性思维。

（一）巧设留白

在接受美学视阈的召唤结构和期待视野中，人们经常使用“言有尽而意无穷”的留白方式对文本进行解读，召唤受众产生更大的审美空间，促进新文本的分析和创作。尤其是微纪录片，在短短几分钟之内需要展现故事、情感等要素。为了满足“微纪录”要求，很多微纪录片使用“留白”的叙事手法，在呈现故事、塑造人物时预留足够的想象空间。

2021 年央视《红色档案》百集微纪录片围绕“读懂百年大党的胜利密码，感受烈火淬金的精神锋芒”的主题，在讲述英雄人物事迹、重要历史时间点时，充分运用留白的叙事手法，让受众有足够的想象空间，走进那段峥嵘岁月，感受英雄人物的红色革命。在微纪录片中，留白的叙事手法是对“微题材”的重要补充。微纪录片不必添加过多的故事渲染，而应更多地追求真实的呈现，并留下更多的想象空间，让受众自己去感悟，让微纪录片的情感更加饱满。

（二）预设互动

写作主体要将受众作为自己解说词文本的预设读者，虽然解说词不具备一般文学作品那样的连贯性，但它是纪录片重要的组成部分。它需要配合画面、声音等系统，共同构成一个有机的艺术整体。因此在新媒体语境和弹幕文化的影响下，写作主体应将受众的思维方式纳入具体的写作活动中。对于 B 站用户来说，弹幕是一种仪式感极强的存在，它就像一群爱好相同的朋友在一起看视频、一起讨论槽点和笑点。可以说，弹幕让观众在观看视频时找到了归属感。随着情节的发展，弹幕的内容和形式也在变动。

比如《人生一串》的解说词隐藏了多个开放情节，频繁使用“你”作为主语，将屏幕前的观众置于对话模式，充分调动观众的主观能动性，加强参与感（图 8-6）。比如“最好吃的就是你家楼下的那家烧烤”，观众纷纷回复刷屏烧烤店的名字。在这个情境中,观众与纪录片之间、观众与观众之间形成了奇妙的化学反应。当《人生一串》第二季剧情进入重庆时,有两组快切镜头,第一组是重庆名胜古迹的镜头,解说突然喊“停”,画面静止,“这是外地游客眼里的重庆”;第二组是“小脏摊”和小胡同的镜头,解说又说道:“停,这是本地老饕眼中的重庆。”

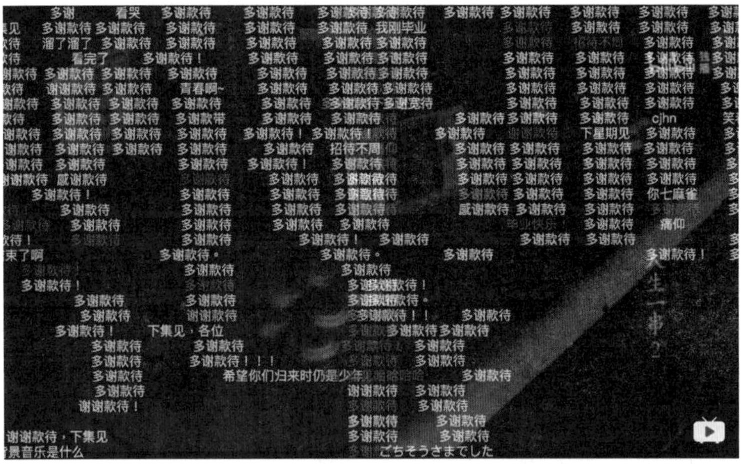

图 8-6　纪录片《人生一串》弹幕

通常,解说词在纪录片中起到解释、说明画面的作用,但在《人生一串》第二季中,我们却可以看到文案控制画面的声画关系。片中的解说词就像是一个老朋友,拿着手中的 DV 向屏幕前的观众讲述自己的重庆之行。这种融入第一观感的讲述,让纪录片迅速摆脱沉闷的介绍意味,唤起观众主动观看的欲望。

并且,《人生一串》第二季的解说词喜剧性地回应了第一季的部分弹幕内容,影片的一些细节也根据第一季弹幕作出了相应的调整,在纪录片中上演了一场“官方吐槽最为致命”的互动。观众与创作者的层层互动,使召唤结构层层递进,在满足观众审美期待的同时,也让他们产生了更高的期待。

三、偏向细节刻画的感情共振

（一）以人为本的视角转换

纪录片很重要的社会功能就是关注人的生存，“以人为本”应该是解说词写作者始终秉持的理念。为了满足新媒体时代受众的碎片化阅读需求，当下媒介信息的传播更加倾向于快节奏化的叙事，但叙事节奏的加快并不意味着解说词写作就可以成为敷衍了事的“流水线式作业”。恰恰相反，解说词的写作者始终要以人为落脚点，用偏向细节刻画的语言来展现人性闪光的瞬间。“以人为本”很重要的转变在于解说词人称的转变，尤其是从上帝视角的“第三人称”转向“第一人称”。在新媒体的助力下，纪录片能够更好地利用个体记忆。基于个人视角的叙事，更加关注人的自身体验和价值，这种日记式的记忆构建，具有官方话语之外的独特价值。

焦波的微纪录片《俺爹俺娘》的解说词全程以“俺”的视角来撰写，用“俺爹俺娘”来称呼两位老人，没有华丽的辞藻，都是平民化、口语化的事件描述。

爹娘在60岁之前没拍过照片，因为穷。直到1973年，当时我在偏远的山村中学教书，女朋友有一台老式相机，我们跟爹娘拍了一张合影，这是爹娘最早的照片。

爹在这里读过四年私塾，他把《论语》背得滚瓜烂熟。爹12岁时，被爷爷从学堂里拽出来，回家跟爷爷拉大锯去了。

俺爹俺娘生活在这个小山村里，过着平平淡淡的日子，有时候还有磕磕碰碰，这就是相濡以沫。

俺娘又病倒了，但她非要来。

从小夫妻到老亲，爹娘共同生活了72年，这是他们的最后一张合影。

爹快不行了，我们给娘办了出院手续，她从爹的病房门口走过，这是爹娘最后的离别。

影片的解说词就像日常生活中的话语一般，让受众非常有亲切感，主观视角的叙述增强了整个影片的叙事完整性。

可以看到，微纪录片的解说词已经逐渐在“去形式化”，不再注重华丽的辞藻，而是回归自然，使用平民化、生活化的语言，使影片更加通俗易懂，受到大众的喜爱。

（二）以情动人的深入挖掘

纪录片解说词写作者对情感的捕捉要始终来源于真实的生活，要以传递人文关怀为己任。这就需要写作者具备共情能力，在创作解说词的过程中，深入现实生活，挖掘隐藏在个体背后的情感温度和场景碎片，勾勒出引发人类共情的社会记忆，让受众在影片中找到自身的缩影和情感映照。“寓义于情而义愈至”，平淡却真挚的情感更容易成为受众和创作者之间产生情感共振的桥梁，从而充分展现纪录片的时代价值和其弘扬的民族精神。

赵亮的纪录片《无去来处》以核能危害为关注点，呈现了一段从切尔诺贝利到福岛的危机旅程。作品开头在展示一系列核爆炸瞬间的自然景象后，切换到戴着能面具的日本传统能剧扮演者在树林间游走的画面。

人类世的风景，幽灵遍布。我是那忏悔的灵魂，我在此处，也在彼处。

通过第一人称旁白，借助能剧角色“穿越阴阳、知晓过去、暗示未来”的灵媒形象隐喻意向，作品进入主题，观众开始跟随镜头进入世界核污染之旅。在作品结尾，当人们在日本福岛樱花树下一起欣赏烟花大会时，解说词这样写道：

这比樱花还短暂绚烂的烟花，象征着生命吗？人类总是急于庆祝哀伤，庆典的华服还未褪去，灾难的消息随即来临。

导演借助樱花、烟花的审美意向，传达出某种悲观，甚至近乎绝望的思考。全片以作者化、未来感的风格与跨越虚构纪录的方式，展示了伤痕累累、触目惊心的“人类世风景”，既是对当下争议声音的传递，更是一次对不远未来的探望。散文式的解说词以情动人，表达了对全球核污染的关注，将灾难带给人类的悲痛剖开来给世界观众看，引起世人共鸣，立意深刻。

美国伊利诺伊大学媒介研究领域学者詹姆士认为，无论“电视”意味着什么，它都是通过不同机构、场合、话语和观众被理解的。这些不同的机构、场合、话语和观众表明，“电视”代表了若干相互关联的过程，如意义生成的过程、叙述过程、解读过程、经济过程、工业过程、技术过程、政治过程、文化过程，等等。

而随着互联网的发展，“电视”的诸多文本形态已经向互联网延伸，在这个过程中，创作者也应该密切关注媒介的发展与变迁，以及掩藏在这变迁之后的思想、美学等理念认知的变化。唯有与时俱进，才有可能创作出好的作品。

图书在版编目(CIP)数据

解说词写作教程 / 李智主编. -- 北京：中国传媒大学出版社，2022.9（2025.6 重印）
影视传媒类专业“十四五”规划教材　21 世纪广播电视专业实用教材
ISBN 978-7-5657-3238-6

Ⅰ. ①解…　Ⅱ. ①李…　Ⅲ. ①电视影片—解说词—写作—高等学校—教材
Ⅳ. ①I053.5

中国版本图书馆 CIP 数据核字(2022)第 130784 号

解说词写作教程
JIESHUOCI XIEZUO JIAOCHENG

主　　编	李　智
责任编辑	张　笛　高卓毓
封面设计	拓美设计
责任印制	李志鹏

出版发行	中国传媒大学出版社		
社　　址	北京市朝阳区定福庄东街 1 号	**邮　　编**	100024
电　　话	86－10－65450528　65450532	**传　　真**	65779405
网　　址	http://cucp.cuc.edu.cn		
经　　销	全国新华书店		

印　　刷	北京中科印刷有限公司
开　　本	787mm×1092mm　1/16
印　　张	12
字　　数	220 千字
版　　次	2022 年 12 月第 1 版
印　　次	2025 年 6 月第 2 次印刷

书　　号	ISBN 978-7-5657-3238-6	**定　　价**	49.80 元

本社法律顾问：北京嘉润律师事务所　郭建平